LA DOUBLE VIE D'ANDREW TOMPKINS

Agathe

LA DOUBLE VIE D'ANDREW TOMPKINS

ISBN : 978-2-9567720-2-6

IMPRIMÉ EN EUROPE

DEPÔT LEGAL : N° 10000000554135 - juin 2020

Auto édition (37) ©Agathe 2020

A toi Maman...

Tu as des yeux qui regardent la vie...

« Cela semble toujours impossible,
jusqu'à ce qu'on le fasse. »
(Nelson Mandela)

Quelque part sur la D27 entre Cabourg et Trouville.

Il était quinze heures ce 14 mars 2019, quand Andrew s'inquiéta pour la première fois de ce Cross over noir qui suivait sa voiture d'un peu trop près. Caroline était assoupie à ses côtés, la ceinture de sécurité barrait son cou frêle et imprimerait certainement sa trace sur la peau claire. La radio diffusait du jazz, sa musique préférée. Il pensa qu'en arrivant à Deauville, il réserverait deux places au casino Barrière pour le prochain concert du « Amazing Keystone Big Band ». Il y avait longtemps que sa femme et lui n'étaient pas sortis et cela leur ferait le plus grand bien de se retrouver dans une salle de spectacle. Ensuite, ils échangeraient leurs impressions autour d'un excellent dîner. Caro était songeuse depuis quelque temps. L'hiver avait été particulièrement rude à Trouville et elle s'était enfermée frileusement dans sa maison et dans ses pensées, écoulant les heures entre lecture et écriture, acceptant de sortir uniquement pour de longues marches sur la plage en compagnie de Paprika, leur Jack Russel. C'était une chienne merveilleuse, à l'esprit très vif et intelligent. Les Tompkins l'avaient confiée à un dresseur canin dès son plus jeune âge et sa maîtresse pouvait la promener sans avoir besoin d'attacher une laisse à son joli collier rouge. Déjà deux ans qu'elle embellissait leur vie d'un amour inconditionnel et sans limite !

Un nouveau coup d'œil dans le rétroviseur, le 4/4 ne décollait pas de son pare-chocs arrière. Il avait bien envie de ralentir et de s'arrêter sur le bas-côté de la départementale, mais la route, bordée de platanes ne permettait pas la moindre halte. Peu importe ! Il attendrait le village suivant et laisserait cet idiot pressé le doubler. Fort de cette décision, Andrew amorça un geste pour augmenter le volume de la radio. La voix chaude de Harry Connick Junior méritait qu'on l'écoute à pleine puissance. Il ne s'en lasserait jamais.

Le choc projeta le véhicule en avant et sa paume heurta violemment le tableau de bord. Il entendit un craquement sec dans son poignet, immédiatement suivi d'une violente douleur qui lui vrilla le bras jusqu'au coude. Caroline s'éveilla en sursaut et poussa un cri de peur quand la sangle lui bloqua la respiration. Andrew jeta un regard affolé dans la glace. Lorsqu'il croisa les yeux du chauffard, il comprit instantanément qu'ils n'avaient aucune chance de s'en tirer.

Sous l'effet d'une poussée irrépressible, la berline perdit tout contrôle et prit une vitesse folle. Il fut impossible au conducteur de la retenir d'une seule main, et quand bien même l'aurait-il pu, la force exercée par l'engin meurtrier était telle, que la petite voiture se trouva à sa merci, réduite à l'état de jouet. Lorsque la courbe serrée du virage se profila, Caroline hurla à pleins poumons. Aucun son ne sortit de la bouche grande ouverte de son mari.

La seconde suivante, la jolie Class A bleu roi s'enroula autour d'un platane dans un crash épouvantable.

Voilà, le danger est écarté…

Il était prévenu pourtant, il n'aurait jamais dû s'entêter…

Voilà ce qui arrive quand on se met en travers de mon chemin…

J'éprouve une grande satisfaction, un profond soulagement…

Pas le moindre remords. Oh non ! aucun…

C'était la seule solution…

Exit Andrew Tompkins.

PREMIÈRE PARTIE :

En France

- 1 -

DÉSOLATION

10 janvier 2019 - 24 mars 2019

SAMUELLE

19 mars, cinq jours après l'accident.

La pluie dessine des sillons dans les graviers bruns de la longue allée. Le ciel déverse sans discontinuer des trombes d'eau sur la ville depuis ce matin, à croire que le mauvais temps est de mèche avec mon chagrin. Le gris est partout : sur les nuages bas, agglutinés au-dessus des dos courbés, dans le brouillard humide enveloppant les manteaux sombres, dans les esprits troublés, dans les cœurs aussi. Le mien revêt la couleur anthracite d'une peine profonde ; celle d'une fillette, d'une adolescente, d'une femme qui accompagne son père adoré vers sa dernière demeure.

Je n'ai pas pris de parapluie et j'ai décliné l'invitation de Rodolphe à me réfugier sous le sien. Depuis quelques semaines, nous ne partageons que des reproches et il m'est impossible de l'imaginer, collé à mes basques, pendant toute la procession. Pour faire bonne figure, il m'imposera des mots réconfortants, inévitablement je lui suggérerai de se taire. La situation dramatique ne change rien à notre séparation et quoi qu'en disent les gens rassemblés derrière le corbillard, je m'en moque éperdument.

Les poings enfoncés dans mes poches, le col de mon manteau marine relevé en rempart, j'avance seule, raidie par la douleur, sans prendre conscience du ruissellement de l'eau au sein de ma chevelure brune. Ma frange, d'ordinaire joliment bombée au ras des sourcils, dégouline sur mon visage blafard et masque la moitié de mes yeux. « *Ma petite noisette,* me surnommait tendrement mon père quand il me prenait dans ses bras, *nous avons les mêmes prunelles dorées* ». Le souvenir de ces doux instants me tord le ventre.

Un toussotement familier me pousse à me retourner. Étienne se tient juste derrière moi, en paravent silencieux. Étienne, mon ami, mon confident, mon presque frère, à qui je raconte aussi bien mes peines de cœur que mes plans cul, le seul qui n'a jamais tenté de me séduire – et pour cause, il est gay. Je ne l'ai pas compris tout de suite, vexée de son manque d'intérêt évident pour mes charmes. Un jour, j'ai pris les devants et lui ai fait un numéro de séduction irrésistible. Il est resté imperturbable, puis devant ma réaction offusquée, a lâché le morceau et a fait son « coming out ».

« Quel gâchis ! » ai-je pensé sur le coup. Il est beau comme un dieu, doté d'un regard caressant et d'une gueule de séducteur, mais non destinés aux dames. L'instant de déception passé et quelques secrets partagés plus tard, il devint rapidement

« *Celui qui peut tout entendre et tout comprendre* », le fidèle, l'indispensable, l'inestimable Étienne. « Il n'existe pas de meilleur ami au monde que toi ! » est mon leitmotiv.

— Relève la tête, Samuelle ! Andrew ne voudrait pas te voir dans cet état, viens sous mon parapluie, petit scarabée, il est assez large pour nous deux, glisse-t-il à mon oreille.

Ce qui est inconcevable avec Rodolphe se fait très naturellement avec Étienne. Je me retrouve à l'abri, entourée de son bras protecteur en train de me moucher dans son affreux mouchoir à carreaux.

La cérémonie religieuse a été sobre – ni mes parents ni moi ne sommes pratiquants – pourtant, pour ne pas heurter les principes de ma famille bourgeoise, j'ai concédé une courte messe. Je sais que mon père aurait compris. Il était lui-même respectueux des croyances d'autrui et poussait l'abnégation à s'asseoir sur ses convictions en cas de nécessité. Et là, il s'agissait d'un cas de force on ne peut plus majeure. Et puis merde ! Il n'avait qu'à écrire ses dernières volontés ! Mieux, il n'avait qu'à rester vivant ! Une vague de larmes me submerge de nouveau.

« Papa, comment vais-je vivre sans toi ? » Cinq jours que la question tourne en boucle dans ma tête.

*

Quand j'appris l'accident, je couvrais le vernissage de Théodora Van Putten, une jeune peintre en vogue, dans une galerie d'art contemporain du troisième arrondissement de la capitale. Je travaille en tant que journaliste spécialisée en art pictural pour « Paris' Art » depuis trois ans et je n'ai pas vu le temps passer. Passionnée de peinture, j'ai tout d'abord suivi l'école des Beaux-Arts, puis au bout du cursus de cinq années, j'ai compris que je ne brûlais pas d'un feu suffisamment sacré, ni ne possédais le talent et la solidité nécessaires pour affronter les aléas d'un métier difficile. J'ai donc mis à profit mes qualités littéraires pour m'orienter vers celui de journaliste, soutenue par mon père.

J'étais en pleine conversation avec l'artiste, quand mon cameraman me fit un signe en désignant son portable et je cernai l'appel comme suffisamment important pour que Gilles se permette de me déranger pendant l'interview. L'instant d'après, le téléphone tombait par terre, moi aussi. Mes parents avaient eu un accident de voiture près de Deauville, où ils résidaient. Maman avait été transférée à l'hôpital de Caen avec une commotion cérébrale et une fracture de la jambe, mais Papa avait été tué sur le coup.

La nouvelle me dévasta. Mon père était tout pour moi. Il représentait l'image même de la force tranquille, de la sincérité, de l'honnêteté, de la gentillesse. Peintre lui-même, Andrew Tompkins avait commencé une carrière professionnelle en Angleterre, abandonnée à la trentaine afin de subvenir aux besoins de sa famille. Il avait troqué sa chemise et ses pinceaux contre le costume d'un homme d'affaires qui, malgré de fréquents déplacements, consacrait toute son énergie et son très bon salaire à notre bien-être.

« La vie n'est rien sans amour », affirma-t-il à brûle-pourpoint, un dimanche midi. Puis il enfourna un énorme morceau de tarte aux fraises en nous regardant avec tendresse. Il était ainsi : sûr de lui et de ses choix, mais aussi imprévisible.

Ma mère et moi étions en admiration devant lui, ce qui était loin d'être le cas de ses parents. Issu d'une vieille famille anglaise conservatrice, il avait quitté son cocon bourgeois après avoir rencontré maman à Londres. Elle posait en tant que modèle pour financer son séjour. Lorsqu'il la vit, elle était dévêtue sur un canapé dans l'atelier d'un ami et il se promit que c'était la dernière fois que cette femme sublime se mettait à nu pour un autre que lui. Il tint parole et l'épousa trois mois plus tard, au grand dam d'Élisabeth et Charles Tompkins, qui voyaient d'un mauvais œil la nouvelle lubie de ce fils, dont les fantaisies leur donnaient du fil à retordre depuis sa naissance. Il balaya les objections d'un sourire désinvolte et presque trente ans de vie commune étayèrent leur bonheur. Pour moi, ils représentaient l'image même d'un couple uni. Une félicité réduite à néant en quelques secondes.

*

Le cercueil s'enfonce dans la terre et émet un bruit sec en touchant le fond. Les employés des pompes funèbres retirent prestement les cordes et le maître de cérémonie s'avance vers moi :

— Souhaitez-vous dire quelques mots, Mademoiselle Tompkins ?

Je secoue la tête, les yeux rivés au couvercle de bois clair.

— Fais-le, petit scarabée, les gens ne comprendraient pas, me souffle Étienne en montrant l'assemblée.

Il a raison, bien sûr. Je jette un coup d'œil derrière moi. Mes grands-parents, l'air encore plus austère qu'à l'ordinaire, ressemblent à deux corbeaux attachés l'un à l'autre ainsi qu'à leurs convenances, et le moindre écart de protocole fera l'objet d'un conseil de famille ultérieur. Accepter une sépulture en territoire français fut déjà compliqué, Grandma et Grandpa estimant que leur fils devait reposer près d'eux dans le Suffolk.

J'obtempère en soupirant et m'avance devant le trou béant.

— Papa, je ne peux pas croire que tu es là-dedans. Tu aimes tellement le soleil et la mer, tu ne pourras jamais t'habituer à tout ce noir.

Les mots s'étranglent dans un sanglot. La paume de mon ami, posée délicatement sur mon cou, me redonne du courage.

— Tiens ! me dit-il en glissant deux roses dans ma main. Il y en a une pour ta mère.

Je jette les fleurs sur le catafalque.

— Papa, je te promets que Maman se remettra, je veillerai sur elle comme tu l'aurais fait. Elle n'a pas eu l'autorisation de quitter l'hôpital mais nous reviendrons dès qu'elle sera remise. I love you forever, Dad[1]...

---

[1] Je t'aime pour toujours, Papa...

Une exclamation m'incite à relever la tête. De l'autre côté de l'allée bordée d'ifs, une femme est appuyée contre un tronc d'arbre. Elle porte un foulard sombre sur ses cheveux et de grandes lunettes noires dissimulent ses yeux. En voyant ma réaction, elle tourne les talons et s'éloigne.

Quelques instants plus tard, en guise d'hommage, le cercueil est recouvert de toutes les fleurs distribuées aux accompagnants. Après une dernière prière, le cortège se disloque doucement et des chuchotements discrets émergent comme un soulagement. La vie reprend son cours.

Je ramasse une poignée de terre et la jette dans la dernière demeure de mon père.

– Adieu Papa chéri...

SAMUELLE

23 mars, neuf jours après l'accident.

Le flux sanguin martèle douloureusement mes tempes. Je n'ai pas couru depuis dix jours et pour une sportive comme moi, cela équivaut à un sevrage brutal. Je fais mon jogging chaque matin à l'aube, cette habitude me libère de la nonchalance de la nuit et dynamise ma journée. Ensuite une bonne douche, un petit déjeuner équilibré et je peux déplacer des montagnes. C'est loin d'être la réalité depuis une semaine et demie. J'ai même lâché mes cours d'escrime, pourtant Dieu sait si j'y suis accro ! Mais rien n'est normal, tout a changé depuis la mort de Papa. Mon équilibre a chaviré d'un coup. Je me suis enfermée dans mon duplex de Montmartre – une folie parait-il, mais l'authenticité et la beauté de la butte en valent la peine – jusqu'à la visite d'Étienne qui m'a sortie manu militari de mon lit, les yeux bouffis, ni douchée, ni nourrie depuis trois jours.

— Lève-toi immédiatement et va te laver, tu pues ! On va manger, ordonna-t-il d'un ton qui n'admettait aucune réplique. Et après tu appelleras l'hôpital de Caen, ta mère se languit de toi. Je te rappelle ta promesse.

Électrochoc. Je me levai, me douchai, m'habillai et une demi-heure plus tard, je titubai sous le soleil frileux du printemps, pâle comme une convalescente, mais bien vivante. Je respirai à pleins poumons.

— Merci de m'avoir secouée Étienne, je ne voyais pas le bout du tunnel, lui souris-je en lui prenant la main.

— A quoi serviraient les amis sinon ? répondit-il doucement en serrant mes doigts. Allez viens, princesse ! On va bruncher chez moi.

Comment savait-il que je n'avais envie de voir personne d'autre que lui ? Parce qu'il était lui, justement. Quand j'eus avalé un croissant copieusement rempli de marmelade, une tranche de jambon, un œuf dur et un capuccino, il attrapa mon téléphone, posé sur la table, composa le numéro du C.H.U par cœur – sans doute prenait-il des nouvelles tous les jours – et me le tendit.

J'appréhendais d'entendre la voix de ma mère car je savais qu'elle raviverait ma douleur. La culpabilité déferla. Quelle égoïste ! Comment avais-je pu la laisser sans nouvelles depuis l'enterrement ? La sonnerie retentit dans mon oreille. Quand sa voix d'ordinaire bien timbrée, susurra un « Allo » feutré, les larmes me montèrent aux yeux.

— Maman ? Tu vas bien ? Oui, je suis avec Étienne, il s'occupe de moi. Promis, je vais venir d'ici deux ou trois jours. J'ai appelé le toubib hier, il m'a dit que tu étais en bonne voie de guérison et que tu pourrais probablement quitter l'hôpital dans une quinzaine de jours. Je pense à toi très fort, moi aussi je t'aime, oui je t'embrasse.

En même temps que je l'abreuvais de phrases décousues, je revivais le soir de l'accident. J'avais planté là Théodora Van Putten et appelé en catastrophe Étienne. Une demi-heure plus tard, nous roulions en direction de la Normandie, lui au volant et moi, recluse, à ses côtés. Le trajet me parut interminable, pourtant nous ne nous étions même pas arrêtés pour une pause-café. A l'hôpital, l'interne du service des urgences m'informa que *« Mme Tompkins était au bloc opératoire, dans le but de stabiliser sa fracture de fémur »*. C'était une lésion simple qui consoliderait en quelques semaines de repos.

— Dans son malheur, elle a eu de la chance, Son airbag l'a protégée, Votre père, lui, a subi le choc de plein fouet et il était malheureusement déjà trop tard quand les secours sont arrivés, ajouta-t-il avec empathie.

Je savais tout cela ! Mon père était mort et je voulais hurler que c'était injuste, que j'aurais préféré qu'il soit lui aussi au bloc opératoire en ce moment ! La conscience de mon impuissance face au destin me cloua sur place. Je baissai la tête en sanglotant mon désespoir.

Je ne quittai pas Maman pendant les trois jours qui suivirent. Elle ne parlait pas et se contentait de garder sa main dans la mienne. Nous avions donné pouvoir à Étienne pour s'occuper d'un maximum de formalités. Je n'avais pas le courage de choisir le cercueil, les habits, les chants et textes pour la cérémonie. Papa et lui avaient un profond respect mutuel, mon meilleur ami était donc la personne la mieux placée pour organiser son dernier voyage.

Le soir des obsèques, j'appelai l'hôpital et le chirurgien orthopédiste de garde me rassura sur l'état général de ma mère. Sa fracture de jambe était réduite et contenue et seuls le repos et la patience garantissaient sa consolidation. Puis je m'entretins avec elle, lui relatant succinctement la cérémonie. Elle répondit simplement d'une voix éteinte : « *J'aurais voulu être avec lui* ».

Je regagnai Paris en compagnie d'Étienne dès le lendemain en promettant à Maman de revenir le week-end suivant, je lui téléphonerais tous les jours. Elle acquiesça en fermant les yeux. Je crois que l'une et l'autre redoutions notre souffrance mutuelle. Étienne me déposa en bas de chez moi, rue Tholozé, en plein quartier des Grandes Carrières, en me demandant de l'appeler d'ici deux ou trois jours. J'acquiesçai en l'embrassant. Je ne quittai pas mon lit, jusqu'à ce que mon fidèle ami vienne me secouer et m'extirper de force de ma dépression.

*

Petit à petit, mon souffle se régularise. La douleur s'estompe et mon corps retrouve ses automatismes : amorcer la pose du talon sur le bitume, dérouler le pied jusqu'au bout des orteils, tirer sur les bras pour libérer l'expansion de la cage thoracique. Le quotidien reprend le dessus, la vie continue.

J'emprunte mon parcours habituel : une grande boucle qui me fait croiser la petite rue Garreau, tourner à droite dans la rue Lepic pour traverser ensuite la place du Tertre sans m'y attarder, excepté pour un rapide bonjour de la main à Salvatore qui installe son chevalet. D'ordinaire, je m'arrête pour échanger quelques mots avec ce vieux « croqueur » italien, pilier de la célèbre place, mais je sais qu'il me demandera en chantonnant : « *Como stai mia cara* [2]? » Pas question, je m'écroulerais et j'y

---

[2] Comment vas-tu ma chérie ?

serais encore dans deux heures. Je bifurque ensuite vers la rue Berthe et m'y engouffre jusqu'au square Louise Michel. En face de moi, le Sacré-Cœur, planté sur sa colline comme un roi sur son trône, me met au défi de le rejoindre. Plus de deux cents marches, de celles qui tétanisent les mollets des non-initiés ou des présomptueux.

— Dans la vie il faut être humble ma fille, me répétait mon père, ou alors bien préparée à en affronter les difficultés, et en ce cas mais uniquement en ce cas, tu peux te permettre d'afficher ton assurance.

Je fais donc preuve d'humilité et stoppe au beau milieu de la deuxième série de marches. Assise sur le bord d'un degré escarpé, je consulte ma montre. Je suis déjà essoufflée au bout de trente-cinq minutes, j'ai intérêt à reprendre du poil de la bête et à m'entraîner sérieusement si je veux retrouver mon niveau sportif et mon moral de battante.

Je ne suis pas la seule à peiner. Une dame brune, la cinquantaine fatiguée, s'arrête à mon niveau puis s'assoit à mes côtés en portant la main à sa gorge. Le teint pâle, la bouche entrouverte, elle semble au bord du malaise.

— Ça va, Madame ?

— Oui, ne vous souciez pas de moi, Mademoiselle, j'ai simplement besoin de quelques minutes de repos.

Le visage émacié, les yeux hagards, la salive accumulée au coin des lèvres, tout va à l'encontre de l'éventualité d'un rétablissement imminent. Je lui suggère :

— Vous auriez dû emprunter le funiculaire. Voulez-vous que je vous accompagne chez mon médecin ? il habite à quelques rues d'ici.

— Je vous remercie infiniment, mais ça va aller, j'ai simplement besoin d'un verre d'eau.

— Venez, il y a un café à côté d'ici, lui dis-je en la prenant d'autorité par le bras pour l'aider à se remettre sur pied.

Nous redescendons les marches et deux minutes plus tard, nous sommes attablées face à face dans la salle vide du bar en question, elle devant une eau plate, moi en compagnie de mon éternel thé au lait, autre héritage de mon anglais de père. Je m'inquiète de sa mauvaise mine :

— Vous sentez-vous mieux, Madame ? Vous avez l'air vraiment souffrante, vous ne devriez pas vous aventurer dans des escaliers aussi raides. Comment vous appelez-vous ?

— Je m'appelle Jeanne, Samuelle, mais Andrew m'appelait Jane.

Entendre mon prénom et celui de mon père, associés à cette inconnue, m'arrache la seule réplique possible en pareille circonstance.

— Qui êtes-vous ?

— Je suis la femme de votre père...

PAULO

Ce même 23 mars, « Chez Colette », 11h.

Le serveur tourne la tête en entendant le crissement aigu d'une chaise repoussée avec force. Il a bien dit à la patronne que poser de la tommette au sol n'était pas une bonne idée. Non seulement l'entretien de la terre cuite demande une attention draconienne afin de ne pas voir son rouge brique se ternir, mais le frottement des pieds de chaises sur le revêtement lui hérisse le poil et fait vibrer douloureusement ses tympans. Elle n'a retenu que le côté naturel du produit qui colle parfaitement au quartier et apporte du cachet à son établissement. On va « *Chez Colette* » pour l'authenticité de son bar, la gouaille de sa propriétaire et aussi, il doit le reconnaître, le côté ronchon de Paulo, son serveur.

Il ravale le « Hé doucement, les chaises ! » prêt à fuser de sous sa fine moustache, typique elle aussi, lorsqu'il voit la situation : deux femmes, l'une assise, habillée de sombre, les yeux creux, le teint cireux, son visage angoissé levé vers l'autre en jogging bleu et rose, dressée comme une guerrière, qui, au vu de sa bouche grande ouverte et de son air abasourdi, vient manifestement d'éprouver un grand choc.

Derrière elle, une chaise en bois renversée. Paulo photographie la scène, digne d'un rush cinématographique, avant de reculer derrière le bar en attendant la suite des événements. Il tient le scoop du jour, l'anecdote à raconter à ses prochains clients. Lui-même est un inconditionnel des films noirs à l'atmosphère tragique, au cours desquels le justicier désabusé se fait rattraper par son destin et où parfois la victime, fût-elle sympathique, est amenée à s'asseoir sur la morale pour protéger sa vie. Deux soirs par semaine dans l'obscurité de son salon, affalé au fond du canapé, un plateau repas sur les genoux, il visionne ses films favoris, prenant à tour de rôle la place de Clint Eastwood dans « *Dirty Harry* » et celle de Bogey, le ténébreux séducteur des « *Passagers de la nuit* ». Autant dire que l'image de ces deux femmes, à l'évidence dans une situation compliquée, plonge Paulo en plein centre d'un drame. Il boit le spectacle des yeux comme du petit lait – expression qui, en ce qui le concerne, témoigne d'une erreur d'attribution.

— Excusez-moi, j'ai dû mal comprendre, balbutie la guerrière, d'une voix blanche.

Elle semble pourtant avoir parfaitement entendu et du point de vue de Paulo, elle poursuivra de façon certaine avec *« Il s'agit forcément d'une erreur ! »*

— Il s'agit forcément d'une erreur ! Il jubile... Il est trop fort !

— J'ai vécu vingt-cinq ans avec And... commence « les yeux creux ».

— Taisez-vous ! coupe la fille en jogging, vous dites n'importe quoi ! Mes parents vivent ensemble vous êtes complètement folle !

— Je comprends votre réaction, Samuelle mais ce que je vous dis est la stricte réalité.

— Je ne vous crois pas, vous mentez ! Et ne m'appelez pas par mon prénom, on ne se connait pas.

— C'est pourtant la vérité, je vous le répète, je suis mariée à Andy, mais je conçois que la nouvelle est brutale pour vous. J'ai eu la même réaction quand il m'a avoué qu'il avait une autre famille en France.

La nommée Samuelle rejette de la main, les paroles de cette Jeanne. S'agit-il d'une manipulatrice ? Paulo, suspend son souffle. Il vit au cœur même de l'intrigue ! Il fait mine d'essuyer un verre mais depuis plusieurs minutes, l'objet brille comme un sou neuf. Lorsqu'il s'aperçoit que Samuelle est sur le point de les planter tous les trois, son interlocutrice, son scénario et lui, il prend le risque de s'approcher de la table.

— Tout va bien Mesdames ?

— Nous n'avons besoin de rien merci, le congédie la fille sans même le regarder.

Poufiasse ! Vexé, Paulo tourne les talons illico et retourne en marmonnant derrière son bar, en lorgnant du côté de la table 7. Il n'entend plus que des bribes de conversation, certes, mais pour autant, il est persuadé d'avoir joué un rôle primordial dans l'histoire. Celle-ci aurait pu couper court sur le départ intempestif de la jeune belliqueuse. A la place, elle se rassoit, les jambes visiblement coupées. Retournement de situation. Plan suivant. Action.

La femme la plus âgée, Jeanne à priori, se met à parler plus doucement. Paulo enrage, certain que les confidences sont de nature à orienter le synopsis vers une direction palpitante. Au lieu de cela, il perçoit un mot sur deux, et encore, en tendant l'oreille. C'est frustrant et en même temps très excitant ! Comme dans un film de Melville. Ah Melville ! Son ton grave, ses atmosphères sombres, les regards et les gestes d'amitié qui se donnent sans un mot dans le bleu de la nuit. Il a vécu, grâce à lui, ses premières émotions cinématographiques. Il aurait tellement aimé le rencontrer mais en 1973, il était encore en couche-culotte. Il compense cette insatisfaction en allant, une fois par an, lui rendre un hommage posthume au cimetière de Pantin.

L'esprit rêveur, Il s'attarde sur le visage tourmenté de la tragédienne en face de lui. Elle lui fait penser à Christine Fabréga dans *« Le deuxième souffle »*, les yeux peut-être...

SAMUELLE

Au même endroit, à la même heure.

Je pense immédiatement à Étienne. Il faut absolument que je l'appelle, il saura me conseiller, trouver les arguments qui réfuteront les mensonges de cette usurpatrice. Au lieu de cela, je reste plantée sans force, hypnotisée, désemparée, à me dire que je vis un cauchemar et que j'aurais dû parler avec Salvatore. En désespoir de cause, je tente de reprendre la main.

— Mon père était un homme droit, il ne mentait jamais !

— J'ai dit la même chose, je n'ai pas voulu y croire. Nous vivions ensemble depuis vingt-sept ans, je ne pouvais pas m'être aperçue de rien. Asseyez-vous, je vous en prie, il faut que vous sachiez...

Je la coupe vivement :

— Je ne veux rien savoir !

— C'est nécessaire pourtant, vous êtes en danger, soupire Jeanne. Je dois vous en avertir, j'ai promis à Andrew.

Le serveur ne nous quitte pas des yeux. Je m'aperçois bien qu'il fait semblant de s'activer et qu'il tend l'oreille vers notre conversation. L'air de rien, son attention alterne entre la mine de papier mâché de mon interlocutrice et mon visage fermé comme une porte de prison. Je n'ai pas la force de me lever et de le remettre une nouvelle fois à sa place. Qu'il écoute donc ! Il ne sera pas déçu.

Jeanne triture ses doigts nerveux. Elle est sur le point de tout me raconter. Lui permettrai-je d'aller jusqu'au bout ? Pourquoi supporterais-je ses infâmes révélations ? Je souhaite ne rien entendre et pourtant comment reculer et refuser de connaître la partie cachée de l'existence paternelle ? Car malgré mes réfutations, je sais qu'il y a une part de vérité dans les allégations de cette femme. Je le lis au fond de ses prunelles. Il me reste dix secondes pour me lever et l'empêcher de détruire l'image de mon père idéal.

Elle se gratte la gorge pour se donner du courage puis ouvre la bouche. Je la laisse parler.

— Andy était un homme d'affaires très occupé, toujours par monts et par vaux à signer un contrat ou à gérer une transaction. Son bureau principal se situait en Angleterre, à Portsmouth, non loin de la maison, mais tous les mois il partageait son temps à cinquante pour cent avec Paris, où était installée son antenne commerciale.

Je m'exclame, outrée :

— Il avait bien plus qu'un bureau à Paris ! Il vivait avec sa famille !

— Je l'ai appris il y a seulement deux mois et demi. Vous devez vous en souvenir, votre père a été hospitalisé quelques jours, suite à un accident dans le métro. Pris dans un mouvement de foule, il a basculé sur la voie et s'est cassé le bras.

Je me rappelle parfaitement cet événement à la station Edgar Quinet. Quand la police nous a prévenues, maman et moi, affolées, sommes allées le retrouver en salle d'hébergement des urgences, il nous a demandé de faire très attention à nous. Face à notre inquiétude il est resté dans le vague : « *On s'approche toujours trop des quais, une bousculade et la vie peut basculer.* »

— Il m'a mise en garde moi aussi, je n'y comprenais rien, j'étais loin, reprend Jeanne J'ai voulu prendre un avion aussitôt, mais il a refusé que je vienne. Je suis passée outre et j'ai débarqué le lendemain à la Salpêtrière.

Je me tais. L'histoire racontée par cette femme correspond à celle vécue par mon père en janvier dernier.

— A la réception, l'employée m'a signalé que les visites étaient limitées à sa famille. J'ai répondu que j'étais son épouse mais la dame m'a rétorqué que Mme Tompkins était déjà dans « la 228 » et que je n'étais pas autorisée à le voir. J'ai cru que le ciel me tombait sur la tête, c'était obligatoirement une méprise ! Je devais en avoir le cœur net. J'ai attendu une demi-heure et lorsque la réceptionniste a quitté son service, je me suis rendue dans la chambre. Andrew dormait. Sur la table de nuit, j'ai aperçu un cadre dans lequel il posait avec deux femmes dont il avait l'air très proche : votre mère et vous... J'ai compris qu'il me mentait depuis toujours.

Je suis abasourdie. Mon père, mon idole, l'exemple même de la sincérité, m'avait inculqué des valeurs de vie essentielles à mes yeux telles que le respect et la franchise. Il était ma référence, celui en qui j'avais une totale confiance. Je ne peux y croire ! Cette femme a forcément monté une histoire abracadabrante de toutes pièces.

Je prononce de nouveau, mais beaucoup moins fort : « Vous mentez », gagnée par le doute.

— Je vous le jure, Samuelle, sur ce que j'ai de plus précieux. Notre fille... Votre sœur... Swann.

Le monde s'écroule une nouvelle fois à mes pieds d'argile.

ANDREW

10 janvier, Hôpital « La Salpêtrière » Paris.

Andrew avait un mal de chien. Même en résine, ce plâtre alourdissait son bras fracturé et la douleur pulsait jusqu'au bout de ses doigts gonflés par l'œdème. Il se retourna avec précaution, à la recherche de la poire d'appel du poste infirmier. Il lui fallait un antalgique et vite ! Il ouvrit les yeux en grimaçant.

Jane était là. Elle lui faisait face et tenait entre ses mains le cadre contenant la photographie où il serrait dans ses bras Samuelle et Caroline. Il lut le questionnement dans son regard et pourtant il sut immédiatement qu'elle avait compris. L'instant de vérité, redouté depuis tant d'années, était arrivé. Lui qui organisait sa double vie de façon draconienne, lui qui protégeait jalousement ses familles, de sorte qu'aucune d'elles n'apprenne l'existence de l'autre, venait de se faire piéger de la façon la plus imprévisible qui soit : l'accident.

Il aurait bien dû se douter que Jane ne se contenterait pas de ses explications. Sa mise en garde l'avait affolée et elle avait rappliqué dans la foulée. Il avait précipité sa perte, mais malgré tout, il était sûr d'avoir eu raison de conseiller la prudence à ses proches.

— Peux-tu m'expliquer ? dit simplement Jane, de sa voix lente et douce.

Elle détachait toujours ses mots, comme si elle les laissait s'échapper à contrecœur. Cette élocution particulière l'avait séduit dès qu'elle avait prononcé « Bonjour Monsieur, ravie de faire votre connaissance. Elle s'appelait Jeanne Laval, était française et vivait à Portsmouth dans le sud de l'Angleterre. Journaliste au Times – privilège rarissime pour une étrangère – elle était chargée d'écrire un papier sur Andrew Tompkins, l'ex peintre devenu homme d'affaires. Il avait eu le coup de foudre pour cette fille surprenante, non seulement par sa diction pleine de charme et son accent typiquement français, que par sa plastique irréprochable et son visage félin aux immenses yeux vert amande. Il était déjà marié depuis trois ans. L'impossibilité légale d'une deuxième union ne l'effleura pas. Il aimait Jeanne plus que tout. Vivre avec elle lui parut absolument normal, inévitable, incontournable. Ils se marièrent en Angleterre quelques mois plus tard et s'installèrent dans la maison de celle qui était devenue Jane Tompkins.

Jeanne savait qu'Andy partageait son temps de travail avec l'antenne parisienne de sa société. Elle s'accommoda de cette répartition, elle-même très occupée par son métier. Quand elle tomba enceinte, Andrew lui demanda de se consacrer d'abord à sa grossesse, ensuite à l'éducation de leur enfant, ce qu'elle accepta volontiers. Leur vie fut douce malgré quelques problèmes de santé survenus pendant la jeunesse de Swann.

— Tu peux m'expliquer ? répéta sa femme en lui tendant le cadre.

Et Andrew Tompkins expliqua : son premier mariage français, la présence d'une autre fille plus âgée de trois ans et demi, sa vie entre ses deux foyers, son amour infini pour elle et Swann, mais aussi son impossibilité de ne pas vivre auprès de son autre famille.

— Je vous aime toutes les deux, avoua-t-il, J'ai menti c'est vrai, mais je ne pouvais vous faire de mal ni à l'une, ni à l'autre, et sans cet accident personne n'aurait jamais rien su.

Une larme coula doucement sur la joue pâle de Jane. Elle reposa le cadre sur la table de chevet, se pencha sur le lit, déposa un baiser sur le front d'Andrew et prononça ces deux mots incroyables en les détachant à l'extrême :

— Je comprends.

Puis elle sortit de la chambre aussi doucement qu'elle y était entrée.

Elle revint deux jours plus tard et lorsque la personne de l'accueil lui demanda son nom, elle répondit avec fermeté, sans s'arrêter devant le comptoir :

— Je suis Mme Tompkins et je viens rendre visite à mon époux.

Puis elle la laissa avec son air perplexe et appela l'ascenseur qui menait au deuxième étage.

Andrew eut un coup au cœur en la voyant pénétrer dans la chambre d'un air assuré. Il ouvrit la bouche mais Jane le coupa immédiatement :

— Ne dis rien, j'ai beaucoup réfléchi ces dernières quarante-huit heures. Il y a vingt-cinq ans, tu as fait le choix de m'épouser et de fonder notre famille. Tu as aussi décidé de ne pas sacrifier ton premier foyer et je trouve cela honorable, même s'il m'est difficile d'accepter ta double vie. Cette deuxième famille t'a permis d'être heureux et je te remercie de l'équilibre que tu as créé, afin qu'aucune de nous ne souffre. Je ne te pardonne pas, je ne te pardonnerai jamais, mais je comprends.

Andrew n'en revenait pas. Jane était une femme exceptionnelle, il l'avait toujours su. Il tenta de lui dire, mais elle continua :

— Maintenant Je ne veux plus en entendre parler, ni les rencontrer, c'est au-dessus de mes forces, conclut-elle. Raconte-moi ce qui est arrivé. Pourquoi la prudence ?

Andrew fit mine de se redresser sur son oreiller, le temps de dominer son émotion et de préparer sa réponse. Il préserverait Jane autant qu'il le pourrait.

— C'était une simple bousculade, je n'aurais pas dû vous inquiéter, la rassura-t-il en souriant.

— En es-tu bien certain ? J'ai déjà entendu beaucoup de choses, va jusqu'au bout Andrew, rétorqua-t-elle en scrutant son regard.

— Non je t'assure, répondit-il en détournant les yeux. N'insiste pas Darling, je ne souhaite pas te mêler à des histoires sordides. Je te demande une seule chose : si un jour, il m'arrive malheur, dis à Samuelle de se mettre en relation avec sa sœur. Promets-le-moi Jane ! la pressa-t-il, angoissé.

Jeanne comprit que son mari n'en dirait pas davantage et qu'il était empêtré dans de sales draps. Elle ne pouvait rien faire d'autre qu'accepter pour l'apaiser.

— Je te le promets, Andy, dit-elle en posant la main sur son front moite.

— Dans ce cas, mais dans ce cas seulement, donne-lui cette lettre de ma part, je t'en prie. Peut-être me comprendra-t-elle mieux si je lui demande pardon. Caroline et Sam ne sont au courant de rien. Je vous expliquerai tout plus tard, mais pour le moment, ma priorité est de vous protéger, comme je l'ai toujours fait. Préviens Swann également et dis-lui que je lui parlerai à mon retour. Je sais qu'elle me comprendra comme toi, à défaut de me pardonner. C'est ta fille, elle te ressemble tellement. Promets-moi, Chérie !

— Je te le promets, répéta Jane.

SAMUELLE

23 mars, « Chez Colette », 11h20.

Jeanne profite de son avantage et de ma fragilité évidente pour déposer une enveloppe kraft sur la table devant moi.

— Andrew m'a demandé expressément de vous contacter s'il lui arrivait malheur, et de vous donner cette lettre. Je respecte ma promesse.

Je regarde le papier brun, froissé par le transport et je reconnais les L caractéristiques de l'écriture de mon père. J'identifierais la calligraphie de ses mots au milieu d'une centaine de missives : des pleins très affirmés, des déliés délicats, tracés à l'encre violette de son stylo plume fétiche. Il lui avait même donné un petit nom, tant il y était attaché ! Son entourage se moquait de lui gentiment en le traitant de doux dingue, mais il n'en avait cure et revendiquait le fait qu'Edgar était son fidèle représentant, le prolongement de sa pensée, presque son ami.

En touchant le pli, je ressens immédiatement une onde de chaleur me parcourir. Cet ultime message porte probablement le poids du passé de mon père. Je la plie en deux et la fourre rapidement dans la poche de mon bas de jogging. J'ai besoin de prendre l'air et de me retrouver seule. Jeanne devine ma pensée.

— Ne partez pas, Samuelle, j'ai autre chose pour vous, ajoute-t-elle en posant un post-it jaune devant moi. Voici le nom et l'adresse de votre demi-sœur Swann. Andy tenait absolument à ce que vous la rencontriez.

J'explose, outrée, en renversant de nouveau la chaise.

— Hors de question ! Trop, c'est trop ! Il ne peut pas me demander ça !

Cette fois-ci, Paulo le serveur reste sagement derrière le bar. Se faire rabrouer l'a vacciné contre la curiosité de proximité. Jeanne me rattrape sur le pas de la porte et me prend par le bras.

— Prenez cette note, Samuelle, J'ai promis à votre père de vous communiquer ses coordonnées. Mais lisez-la lettre, vous déciderez ensuite. Tout ce que je peux vous dire c'est qu'Andrew se trouvait dans une très fâcheuse posture, suffisamment dangereuse, j'en suis sûre, pour expliquer son agression. Il m'a recommandé la prudence, il avait peur pour moi, pour nous quatre.

Je reste plantée là, fermée comme une huître, avec la ferme intention de ne pas prendre ce fichu post-it. Devant mon mutisme, Jeanne soupire, sort quelques pièces de son sac à main et les dépose sur la table.

— Au revoir Samuelle, je vous en prie, conservez cette adresse et quand vous aurez lu le courrier, j'espère que vous contacterez Swan, Elle est au courant de vos existences. Prenez soin de vous, j'ai peur, je ne sais pas pourquoi mais je pressens un danger, soyez vigilante surtout !

Elle amorce un dernier signe de la main en guise d'adieu, hoche la tête en direction du serveur et quitte le bar. Perdue dans mes pensées, je ne lève même pas le regard.

Le bruit de l'impact me sort de ma léthargie. À moins que ce ne soit le hurlement aigu d'une femme en détresse : celui de Jeanne, de qui peut-il s'agir d'autre ?

PAULO

23 mars, « Chez Colette », 11h25.

Paulo s'agace. Une partie du récit de la femme nommée Jeanne vient de lui échapper. Elle a baissé le ton après avoir remis une enveloppe à la guerrière en jogging. D'ailleurs cette jolie fille ne mérite plus vraiment ce qualificatif, elle a l'air complètement stone, comme disent les jeunes d'aujourd'hui, ou H.S, c'est égal. Pour sa part, il dit K.O comme en boxe, mais « *il faut vivre avec son temps* », dixit Colette. Alors si la patronne le dit…

La jeune donzelle fourre la lettre dans le bas de son jogging – qui lui fait un sacré beau petit cul soit-dit en passant – et s'apprête à partir quand Jeanne lui glisse un post-it sous le nez. Le petit papier jaune a un effet bœuf. L'autre renverse encore une fois, sa chaise et s'écrie : « Trop c'est trop ! ». En réponse, la première semble la supplier de prendre le papelard en question. Sans effet. L'objet de la colère reste lamentablement collé au centre de la table en bois. Paulo entend simplement : « Prenez soin de vous » et la voit boutonner son manteau noir puis sortir à regret, après avoir déposé quelques pièces de monnaie dans la soucoupe sur la table. La gamine ne lui accorde même pas un regard.

Quel est le sujet, sinon une histoire d'amour et de jalousie ? Un peu classique, le coup des familles recomposées, car il s'agit de cela apparemment. Dommage, il aurait préféré une sombre affaire de vengeance, avec lettre anonyme et menaces à gogo, la totale quoi !

Son imaginaire n'a pas le loisir de prolonger le scénario idéal. Le crissement des pneus d'un véhicule lancé à pleine vitesse, un cri strident de femme, le bruit sec et violent d'une collision et celui étouffé d'un corps mou retombant sur la chaussée interrompent brutalement sa réflexion.

Il se précipite dehors et rejoint la dizaine de personnes qui courent vers le bout de la rue, à une centaine de mètres de là. La scène est dramatique. Une femme habillée de noir, est recroquevillée sur le bord du trottoir, sa tête présente une curieuse angulation par rapport au reste du corps. Du sang s'échappe d'une masse de cheveux emmêlés et coule en rigole dans le caniveau. Un peu plus loin au milieu de la route, le contenu d'un sac à main noir lui aussi, s'est éparpillé sur le goudron. Paulo reconnait le porte-monnaie brillant avec lequel sa pseudo héroïne melvillienne a payé les consommations, cinq minutes plus tôt.

— Nom de Dieu, mais c'est ma cliente ! laisse-t-il échapper sans retenue.

— La grosse voiture noire l'a renversée et ne s'est même pas arrêtée, s'écrie une voix parmi les curieux.

Une femme se précipite pour porter secours à la malheureuse. La manœuvre dévie la tête et un cri d'effroi s'élève parmi les gens agglutinés. Les yeux grands ouverts, la victime regarde le ciel d'un regard vide de toute expression. Aucun doute possible, elle est morte.

Paulo prend son téléphone et compose le 15. S'il a raté une partie des échanges dans son café, il aura largement de quoi alimenter le rapport de police, et les conversations des badauds qui ne manqueront pas de fréquenter le bistrot « *Chez Colette* », devant lequel une Française vivant en Angleterre, vient de perdre la vie, renversée par un chauffard en fuite. Quel scénario excitant !

SAMUELLE

23 mars et quelques semaines plus tôt.

Je reste paralysée devant la porte d'entrée de la brasserie. Je ne comprends rien. Au bout de la rue, un attroupement s'est formé autour d'un corps au sol, des cris retentissent et au loin on entend déjà la sirène des secours. Les derniers mots de Jeanne prennent tout leur sens. « J'ai peur, je pressens un danger » a-t-elle lâché en partant. D'un seul coup, la réalité s'impose : elle vient d'être percutée par une voiture !

Le serveur, qui avait rejoint les badauds, remonte la rue en courant. L'essoufflement le fait bégayer, ses yeux sont exorbités et sa moustache se dresse d'excitation.

— Elle est morte ! annonce-t-il à la volée. Putain, je n'en reviens pas ! J'ai servi son dernier verre d'eau à une cliente un quart d'heure avant sa mort !

Sous le coup de l'énervement, il ne me voit même pas. Abasourdie, je rentre, ramasse le post-it collé sur la table 7, puis ressors comme un zombie déboussolé au milieu des vivants. Je devrais être en train d'admirer Paris vu du Sacré-Cœur, après une pause-café en compagnie du vieux Salvatore. Au lieu de cela, je viens de me vautrer en plein cœur d'une histoire sordide. C'est la quatrième dimension !

A cinquante mètres de là, la sirène s'est tue. Seule la lumière bleutée d'un gyrophare dessinant des traînées bleues sur les visages, témoigne du drame. Des policiers descendent de leur fourgon et dispersent la foule qui s'écarte à regret. En apercevant la forme ensevelie sous une couverture de survie – laquelle n'a jamais aussi mal porté son appellation – je ne peux m'empêcher de penser aux tableaux de Drajna Ween, une artiste étrangère dont les peintures réalistes font fureur dans les galeries depuis quelques semaines. Foutue imagination qui me colle des pensées sordides en tête... Tout se mélange dans mon pauvre cerveau, un vrai patchwork !

Je tourne les talons, et reprends la rue vers les escaliers ou pas plus de trois quarts d'heure auparavant, j'ai rencontré une femme qui a fichu ma vie en l'air en un rien de temps, avant de perdre la sienne. Dans mon poing serré, je martyrise la lettre sur laquelle figure l'écriture de mon père et à travers la poche de mon jogging, le post-it brûle ma cuisse. Comme si m'éloigner d'ici allait tout effacer...

La sonnerie de mon téléphone interrompt ma réflexion. Je décroche machinalement au moment où la photo de Rodolphe s'affiche sur l'écran. La voix pressante de mon ex s'immisce désagréablement au creux de mon oreille.

— Allo Sam chérie ? C'est moi, Rod, commence-t-il, comme si je ne l'avais pas reconnu. Il a la voix mielleuse que je déteste.

— Bonjour Rodolphe, excuse-moi mais je n'ai pas la tête à discuter, et ne m'appelle pas « Chérie » s'il te plaît. Je te signale que nous sommes séparés depuis cinq semaines.

— Justement, tu me manques, Chérie, insiste-t-il d'un ton de reproche. Pourquoi me délaisses-tu ainsi ? C'est cet enfoiré d'Étienne qui t'a dit de me lâcher ?

— Cet enfoiré, comme tu le nommes, est mon ami.

— Mon cul, me coupe-t-il. Je suis sûre que tu te tapes ce mec ! Je te préviens, je ne le laisserai pas me supplanter. Je vais lui casser la gueule s'il approche encore de toi. Je vous ai vus à l'enterrement !

Et voilà ! C'est reparti ! C'est précisément pour cette raison que j'ai pris mes distances avec lui. Il est jaloux de tout et de façon excessive. Il ne supporte pas que je puisse côtoyer un autre homme que lui, quel qu'il soit, mon père y compris. Papa m'a mise en garde à plusieurs reprises contre la nature agressive de mon rédacteur en chef, mais chaque fois j'ai ignoré l'avertissement. Pourtant, il n'a pas toujours été ainsi – ou bien l'amour m'aveuglait-il ? – Dans les premiers temps de notre rencontre, nous étions très fusionnels, nous recherchant inlassablement dès que l'un s'éloignait de l'autre. J'aimais sa promiscuité, l'ingérence qui le poussait à me téléphoner toutes les heures, à vouloir tout savoir de moi à chaque moment, mes activités, avec qui j'étais. Son insistance, que je prenais pour de l'attention amoureuse, nous flattait, moi et mon égo d'écervelée.

Puis il y eut ce vendredi soir, deux jours après la Saint-Valentin ; le soir où tout bascula entre nous.

*

Samedi 16 février 2019

J'admirais mon nouveau bracelet. Rod me l'avait offert mercredi soir dans le restaurant gastronomique où il m'avait emmenée, les yeux bandés en me glissant à l'oreille « Ce n'est pas fini Chérie, laisse-toi faire, c'est la Saint-Valentin, je t'emmène sur la planète plaisir... » J'avais gloussé à défaut de rougir.

Au bout d'un trajet en voiture d'une vingtaine de minutes, il m'accompagna, toujours aveugle, jusqu'à notre destination mystérieuse, et dénoua son bandeau. Je découvris alors une salle magnifique, blanche du sol au plafond, mobilier et nappes compris. La seule touche de couleur émergeait au centre de chaque table ronde sous la forme de petits cœurs rouge vif. Cette pièce représentait une ode à l'amour présent et à venir.

Le maître d'hôtel nous emmena vers une alcôve, dissimulée par un voilage translucide. Lorsqu'il en écarta les pans, la vision d'une minuscule table carrée, m'arracha une exclamation ravie. Décorée exactement à l'inverse de toutes les autres. Nappée de rouge et ornée d'un cœur central immaculé, elle symbolisait l'amour dans sa différence.

Le champagne coula à flot, le repas fut sublime et lorsqu'au dessert mon amoureux déposa une jolie boîte dans mon assiette, je volais parmi les étoiles depuis un certain temps déjà. Le bracelet était superbe, je l'adorais et lui prouvai haut et fort en poussant un cri de joie et en l'embrassant sans aucune retenue.

Le retour s'avéra aussi séduisant que l'aller. Le bandeau reprit sa place sur mes yeux et Rod pimenta le trajet en nouant sa cravate de soie bleu marine autour de mes poignets. Arrivée à son domicile, il me guida comme un animal en laisse, jusqu'à sa chambre. La dernière consigne dictée dans la voiture fut « Tu n'as pas le droit de parler, laisse-moi t'aimer de la façon dont j'en ai envie. »

J'adhérai aux règles de ce jeu et m'offris aux envies de mon amant Tout d'abord, je ressentis uniquement sa présence autour de moi. Il ne me touchait pas, délivrant juste son souffle chaud sur mon corps : épaule gauche, cou, puis omoplate droite. L'instant d'après, je reçus sa respiration sur ma joue gauche – il m'avait contournée, c'était un délicieux supplice. Ce jeu de devinette était si excitant que je tentai un « Rod » timide. La réaction fut immédiate. Une petite claque légère vint piquer ma fesse droite.

— Chut, tu sais que tu ne dois pas, Chérie...

— Oui, mais... Une deuxième fessée cette fois-ci à gauche fut suivie immédiatement d'un baiser.

Le jeu piquant poursuivit son cheminement amoureux, une fessée, un baiser, une fessée, une caresse légère, une autre entre les cuisses, appuyée, de plus en plus précise, de plus en plus insistante, de plus en plus prolongée. Je ne résistai pas longtemps, offerte au délice infligé par les doigts experts à travers ma petite culotte. Le plaisir m'emporta debout, aveugle, entravée et encore toute habillée.

L'émotion était si forte que je craquai, désorientée, quand il me libéra. Il me déshabilla en me murmurant des mots tendres, me borda dans son lit comme un enfant, puis sortit de la chambre.

Deux jours plus tard, je souriais encore au souvenir de cette soirée mémorable. L'amour méritait intensité et liberté d'expression. Je flottais encore sur mon nuage de bonheur en touchant l'arrondi de mon joli bracelet. Au moment même où la porte d'entrée claqua, le cumulus se perça et tout mon bien-être se déversa par la brèche. Rodolphe entra comme une furie, brandissant une feuille de papier froissée.

— C'est quoi ce truc ? hurla-t-il en me la jetant au visage.

— Quel truc ? répondis-je, stupéfaite de tant de violence.

— Qui est ce type qui t'écrit « ma chérie » ?

Je ramassai le mot et lus la signature. Étienne, bien sûr... Il avait dû le déposer sous ma porte. J'eus beau tenter d'expliquer ma relation amicale, il ne me laissa pas parler. En proie à une folie furieuse, il me gifla brutalement et me traîna par les cheveux jusqu'à ma chambre. Claques, insultes, l'homme charmant avait fait place à un jaloux pathologique. La crise fut terrible et effaça, comme un reset, le souvenir d'une magnifique soirée et la totalité de mon attirance pour lui dans la foulée.

Ma décision fut évidente et rapide. Au regard de la brutalité, je ne pouvais pas agir tout de suite, cependant je quitterais Rodolphe dès le lendemain. S'il tentait de m'en empêcher, je le menacerais de porter plainte. Cela compliquerait évidemment nos rapports professionnels et je réfléchirais sur le bien-fondé d'un changement de journal, et puis merde ! Je n'allais tout de même pas quitter mon job parce que mon supérieur hiérarchique était devenu mon ex-amant !

Mon père m'aiderait. Toujours de bon conseil, il analyserait la situation de façon globale, sans mettre dans la balance son peu de sympathie pour mon rédacteur en chef. Je savais qu'il ne serait ni moralisateur, ni donneur de leçons, et qu'il resterait en retrait. Néanmoins, il n'hésiterait pas à monter au front pour me défendre en cas de besoin.

Rodolphe prit très mal ma décision, d'autant que je choisis de lui annoncer au journal pour ne pas risquer un autre épisode de violence. Quand j'entrai dans son bureau, en refermant la porte derrière moi, il crut probablement essuyer de simples reproches et me devança :

— Pardonne-moi, Chérie. Je reconnais que j'ai été un peu dur hier, mais franchement, ta relation avec ce type bon chic bon genre, m'horripile. Étienne par-ci, Étienne par-là, c'est agaçant à la fin ».

« *Un peu dur* » ? « *Agaçant* » ? J'aurais pu m'étouffer de rage mais le machisme de cet homme, doublé d'un manque évident de remords, eut l'effet inverse. J'adoptai un calme glacial, posai mes mains à plat sur le bureau, le regardai au fond des yeux et lui assénai un « Tout est fini entre nous ». Touche finale, je décrochai le bijou de mon poignet et lui balançai à la figure.

Il resta bouche bée quelques secondes – manifestement il ne s'attendait pas à ma réaction – puis amorça un geste conciliateur. Je me redressai vivement et lâchai ma dernière cartouche :

— Ne t'avise plus de m'approcher pour un autre motif que professionnel et si d'aventure l'envie te prenait de me renvoyer du journal ou de me rétrograder, sache que mon père est au courant de tout et qu'il a le bras suffisamment long pour te couper les ailes pendant un bon moment. A bon entendeur salut ! conclus-je en tournant les talons.

La voix rageuse de mon ex siffla :

— Toi ma petite salope, tu ne l'emporteras pas au paradis...

ANDREW

17 février, Deauville.

Samuelle, ma chérie,

Je suis tellement navré que tu lises cette lettre. D'abord parce que si tu la lis, c'est que je suis mort, et tu peux me croire, je déteste cette idée. J'aime tellement la vie ! Ensuite, cela signifie que tu as fait la connaissance de Jane puisque je lui ai demandé de te donner ce courrier s'il m'arrivait malheur. Tu sais, ma petite fille, la vie est pleine de surprises et n'est ni droite, ni toute blanche, ni toute noire et parfois une rencontre improbable nous emporte dans une direction qu'on n'aurait jamais imaginée.

Jane fait partie de ma vie depuis vingt-sept ans. Je l'ai épousée en Angleterre en mai 1992 et Swann est arrivée trois ans plus tard. Vous étiez là déjà, ta maman et toi, et je vous jure que je vous aimais aussi. Cela paraît difficile à comprendre mais c'est pourtant la vérité. Je n'ai jamais souhaité l'avouer pas plus à Jane, qu'à Caroline, et j'ai organisé mon emploi du temps entre mes deux familles. Tu as le droit d'être déçue, en colère contre moi, je le serais aussi si j'apprenais un truc pareil. Tu vas hurler, je te connais, crier que je suis le père le plus égoïste de la terre. C'est vrai, dans le sens que j'ai voulu vous garder toutes les quatre près de moi. Vous m'avez rendu heureux au-delà de l'indicible...

Le stylo s'échappa de la main d'Andrew et tomba sur la moquette émeraude. Il le ramassa en soupirant. Malgré la récente ablation de son plâtre, Il restait malhabile et avait du mal à retrouver l'agilité de ses doigts. Le médecin préconisait l'écriture comme rééducation, le moment sans doute de tout avouer à Samuelle, s'était-il dit la mort dans l'âme. Cette lettre, si jamais elle la lisait un jour, provoquerait un tsunami dans sa vie. Elle paraissait forte, pourtant c'était la plus fragile de ses deux filles. Swan avait déjà beaucoup souffert et sous sa frêle apparence, elle savait gérer les coups durs. Comme convenu, Jane avait dû lui expliquer la situation aujourd'hui. Nul doute qu'il recevrait son appel dès qu'elle aurait encaissé la nouvelle. Il lui parlerait, elle l'écouterait sans rien dire puis dirait probablement « J'arrive », comme sa mère. Et lui répondrait « C'est à moi de venir vers toi, Chérie, laisse-moi juste quelques jours encore ».

... Samuelle, je regrette que tu apprennes tout cela sans que je puisse t'expliquer de vive voix, car je pense que tu aurais fini par admettre mes choix. J'espère que tu me pardonneras et que ma disparition engendrera un rapprochement entre ta

sœur et toi. Vous êtes belles toutes les deux, vous méritez de vous connaître.

Ton père qui t'aime.

Andrew plia la lettre sans la relire et la glissa dans l'enveloppe. D'une écriture tremblante, il traça :

Mademoiselle Samuelle Tompkins

CONFIDENTIEL.

Et dire que tout était de sa faute...

ÉTIENNE

24 mars, 10 jours après l'accident.

– Non mais tu imagines ! Me demander de rencontrer cette fille ! Comment peut-il me faire ça ! Je n'en reviens pas !

Samuelle est en boucle depuis une heure. Les larmes ont précédé la rage et les coulures noires de son mascara zèbrent ses joues de sillons peu ragoûtants.

— Dieu que les femmes sont laides lorsqu'elles pleurent, pense Étienne en réprimant une grimace.

Il a aussitôt honte de sa réaction. Sam est une chic nana, doublée d'une amie de valeur. Il a tout de suite été séduit, au sens amical du mot, par la franchise de son regard mordoré lorsqu'elle le lui a planté sans vergogne dans les yeux. Aucun doute, il lui plaisait. C'était il y a un an et demi. Ils sortaient de la salle d'escrime où elle venait d'assister à son second cours de fleuret, discipline qu'il pratiquait lui-même depuis plus de dix ans. Il appréciait les valeurs de respect, de courage et de maîtrise de soi, ainsi que l'élégance du geste et la complémentarité corps-esprit, développées par ce sport. Côté contrôle, la demoiselle avait une grande marge de progression.

Étienne avait accepté son invitation à boire un verre et s'était même amusé de ses coups d'œil séducteurs. Si elle savait... Il devait désamorcer le processus dès que possible. L'occasion se présenta quelques semaines plus tard, lorsque la technique de drague de Samuelle se révéla trop insistante. Son aveu la laissa pantoise.

— Pourquoi diable me l'as-tu caché ? lui reprocha-t-elle. Je me suis couverte de ridicule.

— En fait, chaque semaine, je voulais t'en parler, mais je repoussais, de peur de mettre fin à notre amitié. Je te trouvais charmante ma belle, même si tes atouts ne m'émouvaient pas. Ah si tu avais été un beau mâle, je ne dis pas...

Ils se virent souvent par la suite. Le mercredi soir, à la sortie du cours, ils dinaient au « Hanoï » un restaurant vietnamien du quartier du Marais, situé à proximité de la salle d'armes. Étienne se racontait peu. Il travaillait dans l'import-export, c'est tout ce qu'elle savait. Parfois au fil de la conversation, une confidence lui échappait : un souvenir de ses difficultés d'adolescent face à sa différence. Elle essaya bien de lui soutirer le récit de son premier amour, mais peine perdue, il était suffisamment habile pour détourner le fil de la discussion. Samuelle lui accorda le statut de meilleur ami, avec une facilité déconcertante.

— Pas de vantardise s'il te plaît ! C'est facile de tenir la pole position puisque je n'ai pas d'ami, au sens littéral du terme, s'esclaffa-t-elle. Un genou à terre, cher et preux chevalier ! Je vous décore de l'ordre de l'Amitié Majuscule !

Il sut tout en un rien de temps : la gentillesse et la douceur de sa mère, son amour pour son mari, l'harmonie la plus totale d'un foyer modèle. Elle voulut lui faire rencontrer Andrew Tompkins. Il accepta. Mais en surprenant le regard attendri de son père sur celui qu'il imagina, quoi qu'il en dise ensuite, être un gendre potentiel, Samuelle, avec la franchise et la spontanéité qui la caractérisait, lui assena un :

— Pas d'excitation Dad ! Étienne est pédé. Ce n'est pas lui qui te fera un petit fils, mais je l'adore et tu vas l'adorer aussi, c'est sûr !

Indubitablement, les deux hommes de sa vie s'apprécièrent énormément. On les vit régulièrement attablés, une bière à la main, en train de discourir, aussi bien de l'actualité que du dernier Goncourt. Parfois le dimanche après-midi, Andrew invitait « Steph » à partager un Saint-Honoré concocté par sa femme.

— Caroline est une excellente pâtissière mais Sam et moi n'en pouvons plus, Help Stephen[3] ! Viens nous aider un peu !

Et Étienne-Stephen accourait, trop heureux de partager la vie d'un couple exemplaire à ses yeux et visiblement encore très amoureux après tant d'années de mariage. En même temps, ce qui ne gâchait rien, il joignait l'utile à l'agréable.

Même Paprika s'enticha de cet homme qui l'embrassait sur le museau en la grattouillant derrière les oreilles et qui lui apportait des friandises à chaque visite. Elle le reconnaissait avant même qu'il franchisse le seuil de la maison et gémissait d'un plaisir anticipé. Elle l'aima d'instinct.

Le déménagement de la famille Tompkins vers la Normandie n'entacha aucunement les relations des deux hommes, elle les raréfia simplement. Étienne profitait d'une visite de la jeune femme à ses parents pour lui servir de chauffeur. Il chargeait la voiture de cadeaux dénichés aux puces, des peintures, des tableaux sans valeur, mais dont il devinait que l'ex-peintre s'enthousiasmerait à coup

---

[3] Etienne = Stephen en anglais

sûr. Samuelle, quant à elle, offrait à sa mère, son Guerlain préféré ou des macarons de chez Ladurée.

La colère de son amie balaie les souvenirs du jeune homme.

— Comment peut-il me demander de parler à cette fille ! répète-t-elle pour la énième fois en une heure.

— C'est ta sœur, petit scarabée, il a pensé que tu devais la connaître, hasarde-t-il prudemment.

— Ma demi-sœur, nuance ! Il m'impose une fratrie et me demande de m'en rapprocher. Oh je le déteste !

— Désolé d'être abrupt, Chérie, mais cela ne lui fait plus ni chaud ni froid, tu sais... Pense à ce qu'il a dû éprouver quand il a rédigé cette lettre.

— Et moi ? A-t-il seulement réfléchi à ma peine face à ces foutues révélations ? C'est bien beau de laver sa mauvaise conscience avant de mourir ! Merci pour le cadeau ! hurle-t-elle.

Les larmes reprennent le dessus. La déraison submerge l'esprit fragilisé de son amie et il faut mettre un terme à la crise. Il tape du poing sur la table.

— Maintenant cela suffit ! Tu vas muter en mode adulte et faire preuve d'un peu de maturité au lieu de piailler comme une gamine jalouse. Si ton père a jugé bon de t'écrire cette lettre, alors qu'il a toujours pris soin jusque-là, de cacher sa double vie, c'est probablement poussé par les circonstances. Tu trouves normal toi, qu'il envisage le fait de mourir ?

Et devant l'air ébahi de la jeune fille, il poursuit sur sa lancée :

— Hé oui ! Miss Capricieuse, ton père était dans la merde, je ne sais pas pourquoi, ni depuis quand, mais il était dans la merde jusqu'au cou ! S'il t'a dévoilé l'existence de Swann, c'est peut-être parce qu'il avait besoin que vous échangiez toutes les deux.

— Mais...

— Stop ! Maintenant, arrête tes jérémiades, je te prie. Tu souffres, OK c'est normal, mais tu n'es pas la seule. Je souffre, ta demi-sœur souffre, ta mère souffre aussi, d'ailleurs elle souffrirait sûrement moins si tu lui rendais visite, soit dit en passant. Alors tu vas me faire le plaisir de boucler ta valise, on part demain matin à neuf heures tapantes pour Deauville. Tâche d'être prête et par pitié, de meilleure humeur !

Sur ce, Étienne lui plante un baiser dans les cheveux, attrape son blouson et quitte l'appartement.

- 2 -

AGITATION

25 mars 2019 — 28 mars 2019

SAMUELLE

25 mars, Paris-Caen-Villerville.

Je somnole sur le siège du passager. Quand Étienne est venu me chercher ce matin, j'ai attrapé d'autorité les clés de sa voiture en disant :

— J'ai besoin de m'occuper l'esprit, je conduis en premier.

Nous roulons depuis un peu moins de deux heures et passé la première dans un silence total, une conversation amicale a repris son cours. Nous avons besoin, l'un comme l'autre, de retrouver notre complicité d'avant le drame. La circulation est relativement fluide sur l'autoroute A13, malgré la présence de nombreux camions. Normal pour un lundi. Tout en conservant un regard concentré sur la route, nous échangeons des banalités, en prenant soin d'éviter le sujet sensible. Après une courte pause, nous permutons et aussitôt ceinturée, je me pelotonne dans le siège chauffant, rapidement bercée par la conduite souple de mon conducteur.

Trente minutes plus tard, Étienne stationne sur le parking de l'hôpital « *Côte de Nacre* » de Caen.

— Hé, Poussin ! nous sommes arrivés, baille-t-il en s'étirant.

— Mmhh…

Je grogne, abrutie, mais me résous à ouvrir un œil. Au-dessus de ma tête, la tour hospitalière me paraît immense, vue de l'habitacle. Je n'avais pas remarqué sa hauteur la dernière fois, tout à l'urgence de la situation : mon père était à la morgue, ma mère au bloc opératoire, l'heure n'était pas à l'observation des lieux. « Ce bâtiment doit sûrement mesurer cent mètres », me dis-je, en le jaugeant silencieusement.

— Quatre-vingt-six exactement, me devance mon ami.

C'est bien lui ça, il sait tout sur tout. Je m'extirpe du véhicule avec une grimace et le suis en trottinant. Il se dirige d'un pas assuré jusqu'à l'entrée de l'hôpital, puis avec fluidité en direction d'une rangée d'ascenseurs et une fois à l'intérieur, appuie sans hésiter sur le bouton 11. Je réalise alors qu'il est déjà venu seul. Ce constat me flanque un coup au moral car je devrais savoir que ma mère a été transférée des soins intensifs en orthopédie au onzième étage du bâtiment. Mon ignorance enfonce le clou de ma carence. J'ai honte.

Pendant l'ascension j'exprime ma crainte de revoir ma mère.

— Que va-t-elle penser de moi ? Je suis au-dessous de zéro.

— Tu sais, petit scarabée, je crois qu'elle a parfaitement compris que sa petite fille était submergée par le désespoir.

Nous poursuivons silencieusement jusqu'au service de chirurgie. Les couloirs sont longs, Étienne marche vite et je cours presque pour le suivre.

— Chambre 11.103, c'est ici précise-t-il en s'arrêtant devant une porte fermée.

La lumière de présence, éteinte, signifie qu'aucun personnel ne se trouve à l'intérieur. Nous cognons et entrons dans la foulée. La mi-journée ensoleillée de ce début de printemps baigne la pièce d'une douce lumière. En entendant le bruit de la porte, ma mère se tourne et un sourire illumine son visage pâle. Je me précipite dans ses bras.

— Pardon, Maman ! je suis terriblement désolée de ne pas être venue plus tôt, je ne pouvais pas.

— Je le sais ma chérie, soupire-t-elle. Bonjour Étienne, merçi de me ramener ma fille.

— Je vous en prie Madame, c'était une évidence. Andrew aurait fait la même chose pour moi, à la différence que je n'ai pas d'enfant, souligne-t-il avec un clin d'œil malicieux.

La plaisanterie détend l'atmosphère et lorsqu'il propose de rapporter des cafés, je ne suis pas dupe : il s'éclipse avec pudeur pour nous permettre de nous retrouver.

— Ton oncle Henri doit venir tout à l'heure, commence Maman. Si j'avais su, je lui aurais dit de me rendre visite un autre jour puisqu'il est à la retraite. Tu sais qu'il s'occupe de Paprika ?

— Ne change rien surtout, j'aurai plaisir à le voir. C'est gentil de sa part pour ton chien, ajoutai-je avec une nouvelle vague de culpabilité. Dis-moi plutôt comment tu vas. Souffres-tu ?

— Un peu, mais les calmants sont efficaces. On a introduit une tige métallique dans mon fémur, te rends-tu compte ? Le chirurgien et l'équipe sont vraiment dévoués. Je me repose jour et nuit. Encore quelques jours avant d'aller au fauteuil et dans une semaine, je ferai mes premiers pas, paraît-il.

— Tant mieux ! La nourriture est-elle bonne ?

La banalité de la conversation est navrante, j'en suis parfaitement consciente. Je tourne autour du pot sans parvenir à poser la question essentielle : « Comment vis-tu son absence ? ». Maman, quant à elle, esquive avec maladresse, un moment qu'elle sait inévitable.

— Oui ne t'inquiète pas, tout va parfaitement bien, tente-t-elle courageusement, en fermant les yeux.

Les premières larmes qui s'en échappent, annonciatrices de libération, se transforment en déferlante salvatrice.

— Oh ! cela suffit ! non, je ne vais pas bien du tout, Sam ! je ne supporte pas la vie sans lui... Et cette question sans réponse qui tourne sans répit dans ma tête : pourquoi ? s'écrie-t-elle en éclatant en sanglots.

L'appel au secours a un effet immédiat. Nous nous jetons dans les bras l'une de l'autre, mêlant enfin nos sanglots. Maman hoquette sa douleur contre moi, je la reçois, je la ressens. Filial ou marital, notre chagrin n'est pas différent, puisqu'il concerne la même personne, un mari, un père qui nous a rendues tellement heureuses ! Après le bonheur, nous partageons la perte de l'homme de notre vie. Il nous a tant apporté.

— Je ne dors plus. Je veux savoir pourquoi ce type nous a foncé dedans. Il a littéralement poussé la voiture avec son 4/4. Andrew n'a pas pu se dégager. C'était horrible ! J'ai des bruits de tôle dans la tête.

— Il a pris la fuite Maman, et la police n'a retrouvé ni sa trace, ni celle de son véhicule.

— Il doit bien y avoir une explication, je ne peux pas m'empêcher de penser que ce n'était pas un simple chauffard.

L'écriture de Papa danse devant mes yeux. Que signifiait « *...Tu as fait la connaissance de Jane puisque je lui ai demandé de te donner ce courrier s'il m'arrivait malheur* » ? Que craignait-il ? Quelqu'un a-t-il attenté à sa vie ?

A cet instant précis, je choisis de rencontrer ma demi-sœur. Qui sait si cette fille peut contribuer à éclaircir l'énigme de la disparition de notre père ? Je déteste d'emblée le « notre » ainsi que l'idée de parler à cette voleuse, mais c'est la seule solution pour soulager ma mère. Moi aussi je veux comprendre, il le faut, c'est un besoin vital. Ma vie ne continuera pas normalement sans connaître la vérité.

Je décide de ne rien révéler à Maman sur la double-vie de son mari. Elle endure suffisamment physiquement et moralement, sans que je lui assène un coup supplémentaire. Cela n'avancera à rien de toute façon, sinon à la faire souffrir davantage.

— Maman, je te promets solennellement que nous apprendrons bientôt la raison de la mort de Papa.

— Il me manque tellement ma chérie, nous nous sommes quittés si brutalement. Il m'embrassait toujours quand on se quittait le soir ou lorsqu'il partait travailler. Quelqu'un me l'a enlevé, sans savoir qu'on ne supportait pas d'être séparés.

*

On toque et la porte s'ouvre sur Étienne, accompagné d'Henri Franqueuil, le frère de ma mère. Je ne l'ai pas vu depuis un an mais il n'a pas du tout changé. Je retrouve avec émotion son visage lunaire et bon enfant qui inspire la sympathie. Il a toujours suscité l'attirance en général et la mienne en particulier. Aussi loin que je me rappelle, je suis sur ses genoux à me tordre de rire devant ses histoires abracadabrantes. Je lui saute dans les bras.

— Hé, Tonton !

— Regardez donc qui est là ? Ma nièce favorite ! rit-il en reculant de deux pas sous le choc de mon enthousiasme. Ne me fais pas tomber quand même, que dirait ta tante Gigi ?

Henri est mon oncle préféré, un type original et un sacré bonhomme ! Agriculteur, féru de tout ce qui relève des biotechnologies, il est en permanence à l'affût d'inventions « *des faciliteuses de nos vies* », dénomination de son cru. Il a même mis au point un désodorisant innovant pour les fosses septiques à base de divers charbons et d'agents désinfectants, inoffensifs sur l'environnement, pour lequel il s'est engagé sans succès, au concours Lépine, il y a une dizaine d'années.

— L'important est de participer, ma belle, se moqua-t-il après son échec. Notre société n'est pas prête aux grands bouleversements.

Cet hurluberlu ne se contente pas d'être un doux dingue utopiste. Bien que cela puisse paraître curieux de la part d'un homme de terrain, il adore l'art pictural lui aussi et spécialement la période impressionniste. Avant qu'il soit assigné à résidence par ma tante Ghislaine, atteinte de la maladie d'Alzheimer, il n'était pas rare que je reçoive un message, me demandant l'hospitalité pour quelques jours, le temps d'explorer les moindres détails d'une exposition. Monet l'enchanta au point d'y retourner trois fois en trois jours, la flamme intacte, malgré la longue file d'attente devant l'entrée du Grand Palais. Pourtant, oncle Henri n'a pas remis les pieds dans la capitale depuis plusieurs années en raison de l'état de santé de sa femme. Celui-ci requiert maintenant sa présence constante.

Nous passons ensemble la demi-heure suivante, mais devant les signes évidents de la fatigue de ma mère, nous prenons congé en lui promettant de revenir le lendemain.

— Vous dormez à la maison bien sûr, précise mon oncle.

— Tonton, tu as assez de travail, ça me gêne.

— Je voudrais bien voir que vous alliez à l'hôtel alors que j'ai deux chambres inoccupées, gronde-t-il, allez ouste ! En voiture !

Étienne sourit et me pousse en avant. Nous nous retrouvons en deux temps trois mouvements, en route pour Villerville, installés dans une vieille 2CV vert pomme – encore un vestige du passé – manifestement dopée avec un additif de son cru. Rien ne fait peur à ce « Mac Gyver », comme je l'appelle souvent. Il a toujours une solution, une réponse ou une idée sur le point de germer.

Vingt minutes plus tard, nous pénétrons dans la maison de Ghislaine et d'Henri Franqueuil. J'observe des transformations depuis ma dernière visite l'an dernier, des travaux d'agencement et de décoration. Cependant, le plus grand changement concerne ma tante. Lorsque nous entrons, je remarque tout de suite que quelque chose cloche. Elle semble perdue dans ses pensées, un sourire béat sur la face et ne me reconnait pas.

— Bonjour Mademoiselle, prononce-t-elle en me tendant la main.

J'ai beau être au courant de la progression de la maladie, voir ma tante dans cet état me choque. Elle, si attachée à sa personne auparavant, n'est plus que l'ombre d'elle-même. Les cheveux en bataille, elle est attifée d'un pantalon de jogging et d'un vieux sweat marron délavé, qui ne sortent manifestement pas de l'armoire. J'ai la vision d'une femme tirée à quatre épingles, aux mains toujours soignées malgré les tâches ménagères. Là, les doigts qui dépassent des manches informes, présentent de multiples excoriations et la quasi-totalité des ongles a été rognée, victime de l'angoisse. Je détourne les yeux, gênée.

— Tu comprends maintenant pourquoi je ne viens plus te voir, Sam, dit doucement mon oncle en guidant sa femme vers le canapé. Gigi, c'est Samuelle et Étienne son ami, ils dorment ici cette nuit.

— D'accord, répond-elle le regard perdu à travers la fenêtre.

Oncle Henri sort de la pièce et revient peu après avec un plateau chargé de rafraîchissements. Sur ses pas, une tornade blanche déboule en aboyant, manquant de tout emporter sur son passage.

J'éclate de joie en attrapant le Jack Russel au vol.

— Paprika ! Viens-là coquine

— Je lui ai ouvert la porte, tu penses bien qu'elle est heureuse de voir du monde !

C'est vrai que la petite chienne est craquante avec son œil caramel et son air malin. Cette race de Terrier est spécialement nerveuse et agile et Paprika ne fait pas exception à la règle. Mes parents succombèrent littéralement à son charme lors de la visite d'un élevage. Repartir sans elle était perdu d'avance. Elle regarda Caroline avec une telle tendresse que celle-ci n'eut d'autre choix que de la prendre dans ses bras. C'était l'année des O mais les jolies tâches rousses et le dynamisme du chiot imposèrent le prénom épicé, comme une évidence.

Elle sent probablement l'odeur de sa maîtresse et renifle mon cou en gémissant

— Mais oui, tu vas bientôt la revoir !

Je lui glisse ces mots à l'oreille, comme si elle pouvait comprendre. Les paroles apaisantes font leur effet, elle se calme puis lèche mes mains. Quand je la pose au sol, elle se réfugie dans son panier près de la belle cheminée de pierre.

La pièce est spacieuse et très lumineuse pour une construction ancienne. De loin, elle paraissait semblable à mon souvenir mais en y pénétrant je la trouve plus rayonnante, baignée d'une chaude lumière Mon oncle a remplacé les fenêtres classiques d'origine, par d'immenses baies vitrées coulissantes, apportant ainsi une magnifique clarté traversante et mettant en valeur les murs blanc cassé. Un aménagement soigné, allie des meubles classiques en merisier massif, à de beaux tapis au graphisme contemporain et des éclairages design très modernes. Au centre de la pièce, deux canapés de cuir souple, l'un rouge brique, l'autre émeraude sont disposés en vis à vis comme une réponse entre les couleurs. Peu importe que les sofas accueillent ou non des invités, leur seule disposition symbolise la conversation

L'originalité et le goût du beau règnent en maître. La nouvelle décoration a dû « coûter un bras », mais le résultat est époustouflant. Il fallait oser ce mélange de style, quelle personnalité ! Aujourd'hui, au regard de la déficience de ma tante, la différence me saisit davantage. S'y ajoute la pensée philosophique sur la transformation de la condition humaine, et sur la tristesse de la déchéance. J'apprécie la sobriété de la décoration murale, modifiée elle aussi. J'observe que certaines photos et d'anciens tableaux ont disparu au profit d'autres toiles. Oncle Henri remarque mon attention.

— Il y en a de nouveaux depuis l'an dernier, tu as raison. Celui-ci est l'œuvre d'un jeune étudiant des Beaux-Arts, hébergé quelques semaines. Il avait un joli coup de pinceau le garçon, mais un peu trop rude à mon goût. Qu'en pense la spécialiste ? Tu ferais un papier sur lui, toi ? demanda-t-il.

Mon opinion compte pour lui et cela me touche. J'approche du tableau et répond en toute honnêteté.

— Entièrement d'accord, il manque de délicatesse, et il aura beau travailler, on sent qu'il n'ira pas au-delà. Par contre celui-ci est magnifique, m'exclamai-je en découvrant une toile représentant une mère berçant son enfant. La tendresse et l'amour sont perceptibles et l'émotion humidifie mes yeux. La main potelée du poupon est posée sur le bras maternel avec un tel réalisme que l'on s'attend à voir bouger les petits doigts. J'aimerais beaucoup rencontrer celui ou celle qui a créé cette œuvre.

Mon oncle se gratte la gorge avant de répondre :

— Tu l'as déjà rencontré Sam, c'est le travail de ton père. Il était très doué tu sais. J'ai retrouvé cette huile l'autre jour dans le grenier, au milieu de croquis et d'esquisses rangés au fond d'une malle qu'il m'avait confiée. Andrew était un sacré peintre avant de se consacrer à sa famille. Il trouvait ce métier trop précaire. Dommage, il aurait fait des merveilles !

J'ai souvent entendu parler de l'ancienne profession de Papa mais lui-même n'abordait jamais le sujet. Je suis stupéfaite de tant d'élégance dans le geste. Les teintes sont harmonieuses et déposées avec légèreté sur la toile. Le dessin est précis tout en conservant souplesse et rondeur. J'y vois le signe d'une grande sensibilité artistique et d'un talent affirmé. Les initiales AT en bas à droite de la toile corroborent l'information d'oncle Henri. Andrew Tompkins. Mon père est bien l'auteur de cette superbe « *Mère à l'enfant* ».

L'homme auprès de qui j'ai vécu pendant vingt-neuf ans, était un bel artiste et jamais je ne l'avais vu peindre. Comment avait-il pu s'arrêter d'exercer son Art ? C'était incompréhensible… Ma mère saurait certainement répondre à mes interrogations, pourtant je ressens le besoin d'en apprendre plus dès à présent, sur cet homme à secrets.

— Tonton, pourrais-je voir les travaux dont tu m'as parlé ?

— Bien sûr, tu trouveras la vieille malle en haut de l'escalier.

J'expédie mon repas sans l'apprécier et je profite du sacro-saint pousse-café entre hommes pour partir à la recherche des croquis de mon surprenant père.

J'ironise en grimpant les marches : « Papa, que vais-je encore découvrir sur toi ? Moi qui croyais que nous étions transparents l'un pour l'autre, tu t'es bien moqué de moi… »

Si la maison est un modèle d'ordre, on ne peut pas en dire autant du grenier. Il y règne un bric-à-brac impressionnant : des livres sont posés à même le sol, des vêtements débordent d'armoires plastifiées non fermées, des ustensiles de cuisine côtoient des pelotes de laine entamées, un vieux téléviseur est posé sur le support d'une ancienne machine à coudre dont le pédalier ferait mourir d'envie l'antiquaire de mon quartier. Malgré tout ce fatras, je n'ai aucun mal à localiser le coffre en question. Oncle Henri l'a positionné à portée du regard, à croire qu'il pressentait ma demande. Quand je pose la main sur son couvercle pour la première fois, le surnom de « malle des Indes » s'impose, symbolique de transmission, à l'instar de celle qui acheminait le courrier entre l'Angleterre et les Indes Britanniques au 19ème siècle.

Aucun grincement, ni à la rotation de la clé dans la serrure, ni à la mobilisation des charnières. Une odeur de moisi chatouille mon odorat et déclenche coup sur coup deux éternuements. Je suis hypersensible depuis toujours à la poussière ainsi qu'aux moisissures et l'endroit est un parfait ramassis de mes allergènes.

Oh ! Nouki, mon chat en peluche était là durant toutes ces années ! Je me souviens encore du jour où je l'ai égaré en sortant du supermarché. J'avais sept ans et face à mon chagrin, Papa et Maman m'expliquèrent qu'il était parti au pays des doudous, l'endroit où les enfants devenus grands les déposent un jour. Peu à peu, j'avais surmonté ma tristesse et l'absence de mon cher compagnon. De toute évidence, il n'a pas l'air de s'être ennuyé, ce sacripant ! Il a trouvé la compagnie d'un joli lapin blanc aux yeux bleus qui ne m'évoque aucun souvenir.

Sous les peluches, quelques brassières premier âge, deux robes minuscules, et des bottons de laine... Ce conservatisme m'émeut. Je soulève délicatement les souvenirs de mon jeune âge.

Un tas de feuilles est rangé méticuleusement. Cette fois-ci mon enfance s'affiche en croquis soignés : ici je suis assoupie dans mon berceau, là, plus âgée une glace à la main sur la plage, cet autre représente probablement mon premier jour de classe. Pourtant, je n'ai aucun souvenir de mon père, un crayon à la main. Je trouve également des représentations de maman nue, allongée sur un sofa rouge brique, sans nul doute celui du peintre pour qui elle posait au moment de leur rencontre. L'attitude lascive me fait monter le rouge aux joues. On n'est jamais vraiment raccord avec sa liberté d'esprit, lorsqu'il s'agit de ses propres parents, on les imagine toujours différents du reste du monde, la sensualité et le sexe ne les concernent pas. Gênée, je retourne la feuille, libérant ainsi une dizaine d'aquarelles qui s'éparpillent joyeusement au sol. Je reconnais les planches caractéristiques de Deauville, le vol des cerfs-volants au-dessus de la plage du Touquet, plusieurs couchers de soleil où l'astre rougeoyant se jette dans la mer. Tétanisée par ma découverte, je reste bouche bée devant la transparence des couleurs et la finesse du trait, les joues trempées par l'émotion. C'est admirable !

Un portrait s'échappe d'entre deux souvenirs. C'est celui d'un enfant, exécuté au fusain. Mon père l'a croqué à la va-vite mais ce dessin est superbe de simplicité et de candeur. Il a transcrit la pureté malgré la noirceur du trait. Les yeux clairs d'une petite fille plongent en plein centre des miens. Des fourmillements s'emparent de mon front, puis se propagent à tout mon cuir chevelu. Progressivement, une sensation d'égarement m'envahit. J'ai le sentiment très net de prendre de la hauteur et de m'éloigner de mon corps, d'une façon si réaliste que je m'aperçois, assise en tailleur, le papier à la main et les paupières closes. Mes oreilles bourdonnent, mon esprit flotte, je ne sais plus vraiment où je suis, qui je suis...

— Daddy ! Where are you ? Come on ! I found a nice blue butterfly[4] *!*

— Swann, je ne veux pas que tu parles anglais avec moi.

— Oui papa, but we are english.

— Bien sûr, mon joli cygne, nous sommes anglais, mais ta maman est française et un jour nous irons peut-être vivre dans son pays.

— C'est beau la France, Dad ? Pourquoi y vas-tu si souvent ?

— Parce que je travaille beaucoup à Paris, Chérie. Paris ! the most beautiful city in the world [5]*!*

— Ah ah ah ! Toi aussi, tu te trompes !

— Swanny, be careful[6] *petite coquine, je vais t'attraper !*

— Ah ah ah ! Ah ah ah !

---

[4] Papa, où es-tu ? Viens ! j'ai trouvé un beau paillon bleu !
[5] Paris, la plus belle ville du monde !
[6] Swanny, attention petite coquine...

Je sens les mains de papa saisir ma taille en éclatant de rire, il me lance en l'air. Je crie de joie :

— Encore ! Plus haut Dad ! Je veux toucher le ciel !

— Hé, je suis fatigué, Swanny chérie, allez on rentre à la maison.

Swanny chérie ? A la maison ?

J'ouvre les yeux, complètement désorientée. J'ai mal au cœur. Que m'arrive-t-il ? J'ai dû m'endormir et rêver d'un endroit inconnu. Dans mon songe, mon père était beaucoup plus jeune et il jouait avec une gamine qui ressemblait à la petite fille du portrait. Il l'a appelée « Swann », le nom de ma demi-sœur...

Je suis victime de mon imagination, d'un trop plein d'émotions ou bien ma raison part à vau-l'eau. Je réalise que j'ai éprouvé les sentiments de cette fillette, ressenti les mains robustes de mon père sur son corps, mon cœur s'est affolé de son excitation enfantine, j'ai vu ses cheveux ébouriffés par le vent d'été. La scène m'a paru si réelle qu'il me faut plusieurs minutes avant de reprendre mes esprits et de comprendre qu'il ne s'agissait pas de moi.

— Swann, be careful petite coquine, je vais t'attraper !

La voix câline de mon père provoque une nouvelle nausée. En catastrophe, je me précipite dans l'escalier, puis file en direction des toilettes où je vomis l'intégralité de mon repas et de ma frayeur d'avoir vécu un épisode du passé de mon père et de ma sœur. A mon retour dans le salon, Étienne et oncle Henri lèvent la tête de l'échiquier posé entre eux deux.

— Mais tu es blanche comme un linge, Sam ! s'inquiète Étienne. Tu es malade ?

Je prétexte un malaise dû à la fatigue et me réfugie dans ma chambre. Ce n'est qu'à l'abri sous la couette moelleuse que les battements désordonnés de ma poitrine se régularisent et que mon esprit reprend ses facultés d'analyse : j'ai effectué un transfert entre l'existence de cette « autre » et la mienne. Logique... Apprendre brutalement que son père menait une double vie et que l'on n'était pas l'unique détentrice de la tendresse et de l'amour paternel, a de quoi vous retourner le cerveau.

Quand je pense qu'enfant, je réclamais sans cesse une sœur ou un frère à mes parents. Et mon père qui me tapotait la tête avec indulgence en répondant :

— Tu es unique ma Sam, je n'en voudrais pas d'autre que toi.

Une belle fumisterie, oui !

SAMUELLE

27 mars, Deauville à 8H30.

On dit que la nuit porte conseil. En ce qui me concerne, il m'en a fallu deux, éprouvantes, oscillant entre agitation, colère, désespoir et rejet, pour enfin me réveiller ce matin, calme et déterminée. Je vais rencontrer ma sœur. Je passerai au-delà de mon aversion pour cette « voleuse de tendresse » et je tenterai de comprendre qui était réellement mon père.

Étienne prépare le petit déjeuner comme s'il avait toujours vécu dans cette maison. Il a une telle faculté d'adaptation qu'il est à l'aise partout et avec tout le monde. Sa gentillesse naturelle attire immanquablement la sympathie, exception faite de Rodolphe-le jaloux. A l'idée que ce dernier pourrait refuser ma demande de congé, une sourde crampe me vrille l'estomac.

— Étienne, dis-je en ajoutant un pot de marmelade d'orange sur la table. Je vais à Portsmouth pour rencontrer cette Swann. J'ai besoin d'en savoir plus.

Il sourit, visiblement soulagé.

— A la bonne heure, petit scarabée ! C'est une excellente idée. Je suis très heureux de retrouver Samuelle la guerrière.

— Ne crois pas que c'est de gaîté de cœur, ni parce qu'il me l'a demandé, le coupai-je. Je fais cela uniquement pour Maman. Elle ne comprend pas pourquoi ce chauffard s'est acharné sur eux et je sais qu'elle n'ira pas mieux tant que quelqu'un ne lui apportera pas de réponse. Si j'ai bien compris, la police n'a pas jugé bon d'ouvrir une enquête criminelle sur l'accident. D'après ce que m'a dit l'inspecteur chargé du dossier, la thèse du malaise au volant a été retenue.

— C'est peut-être le cas, mais avoue que la lettre de ton père suscite interrogation. Quand pars-tu ? demande mon ami.

Je lui réponds en envoyant simultanément un message à mon rédac-chef-ex-amant.

— Dès que Rodolphe signera cette requête de congé. Preux chevalier Étienne, m'accompagnerais-tu dans cette aventure ? Je t'en supplie, sans toi je n'y arriverai pas.

— Comme si je pouvais te laisser toute seule mon chou ! Tu sais bien que je suis ton ange-gardien. Qui sait ce que tu es capable de provoquer, sans moi pour te tempérer, s'exclame-t-il en riant de sa plaisanterie. Bien sûr que je t'accompagne, Chérie.

— Oh toi ! tu ne perds rien pour attendre… Mais tu as entièrement raison, réponds-je en l'entourant de mes bras. Merci infiniment !

La réponse laconique de Rodolphe arrive par retour de texto : « OK mais juste une semaine. Tu couvriras l'ouverture de la galerie « Roxanne » place des Vosges le 4 avril. C'est à prendre ou à laisser. »

— Non mais quel enfoiré ! Cela ne va pas se passer comme ça ! m'exclamai-je en tapant les premiers chiffres de son numéro.

Étienne me saisit le bras et je rattrape au vol mon téléphone en train d'effectuer un superbe salto.

— Tu risques de ne rien avoir du tout. Sois professionnelle. Dis-toi que cela te donne une semaine pour faire la connaissance de la « double vie d'Andrew Tompkins ». Tu rentreras en France, tu feras ton reportage et rien ne t'empêchera d'y retourner ensuite. Allez viens, on va annoncer la nouvelle à ta mère.

Une fois de plus, il a raison. Mon blouson sur le dos, je lui emboîte le pas.

— Et je suis d'accord, complète-t-il, l'air malicieux, en se retournant. Je te suis indispensable.

Il est incroyable !

C'est de sa faute. Elle a tout fait pour que cela arrive, cette conne. Je me doutais bien qu'elle parlerait.

Je n'ai pas eu d'autre choix pour l'empêcher d'en dire davantage.

Mais que savait-elle vraiment ?

Qu'a-t-elle raconté exactement ?

Et pourquoi lui a-t-elle remis cette enveloppe ?

Il me faut en savoir plus, trop de choses sont en jeu…

CAROLINE ET SAMUELLE

27 mars, Hôpital « Côte de Nacre », Caen.

Caroline soupire en fermant les yeux. Elle est totalement épuisée, physiquement et nerveusement avec l'affreuse impression de n'être plus qu'un corps immobile, contraint et douloureux. La dépendance l'insupporte. Tributaire d'une aide externe pour le moindre de ses besoins, elle vit mal ce manque d'autonomie qui l'oblige à presser la sonnette d'appel plusieurs fois par jour.

Dans les jours qui suivirent le décès d'Andrew – elle ne s'habituait pas à cette affreuse réalité – un psychologue l'encouragea à évoquer l'accident, afin d'intégrer l'information et d'entamer la période de deuil. Mort ! Ce seul attribut lui occasionnait des crises d'angoisse et malgré les anxiolytiques, celles-ci étaient encore très fréquentes. Elle revivait chaque nuit l'étranglement provoqué par la ceinture, elle ressentait encore l'aller-retour et le choc violent de sa nuque contre l'appui-tête, mais surtout le bruit de tôle écrasée ne la quittait pas, à la fois strident et lugubre, comme un hurlement de souffrance. Le cri de Caroline était intérieur.

La présence de sa fille libéra ses larmes. Sa défense vola en éclat et enfin, elle put exprimer toute son incompréhension face à l'événement et à la fuite du chauffard. Son frère lui rendait visite tous les deux jours, mais il endurait suffisamment de soucis avec Ghislaine, sans devoir supporter la souffrance de sa sœur et des difficultés supplémentaires. Pourtant, Henri était un garçon génial – certainement la personne la plus adéquate à comprendre sa douleur – d'une extrême gentillesse et sa disponibilité n'avait d'égal que son tempérament dévoué. Élevés entre un père et une mère instituteurs, des valeurs familiales assises sur le partage, ils eurent, de tout temps, l'image de parents préoccupés de leurs prochains. Leur éducation fut stricte, sans être sévère, et au sein de la famille Franqueuil on pensait aux autres, avant soi-même.

Andrew bouscula tous les codes et court-circuita littéralement la programmation de sa future carrière de professeur d'anglais. Leur rencontre dans l'atelier de Luke, l'artiste chez qui elle posait depuis plusieurs semaines en vue de financer son séjour Londonien, constitua un véritable et immédiat arrêt sur image dans sa vie, au point que le peintre fut contraint de suspendre la séance.

— Mais que se passe-t-il ici ? grommela-t-il. Caro, quitte tout de suite cet air idiot qui te donne l'allure d 'un poisson mort. Il n'y a qu'en France à Marseille que l'on peut peindre la sensualité d'une sardine ! Et toi Andy, tu n'es pas pêcheur en mer, il me semble. Si ?

Andrew partit d'un énorme rire, tellement communicatif que plusieurs minutes plus tard, devant le constat que son modèle ne retrouverait jamais ni son sérieux, ni la pose adéquate, Luke s'inclina et prit le parti de leur offrir une bière. Le soir-même, la jeune Française dormait dans le lit de son coup de foudre, non pas parce qu'elle était une fille facile, mais pour la simple raison qu'il s'agissait d'une évidence incontournable. Ils ne se quittèrent plus, Andrew, peintre lui-même, exigea que sa fiancée posât exclusivement pour lui. Trois mois plus tard ils étaient mariés au grand dam des Franqueuil, dépassés par l'organisation redoutable et sans faille de leur futur gendre, somme toute très sympathique. Samuelle arriva l'année suivante et Andy renonça illico à son métier aléatoire. Tout allait très vite avec lui, il ne doutait jamais, prenant des décisions parfois drastiques parce qu'à son sens, mieux adaptées à sa famille. Il argumentait toujours ses choix et il ne venait pas à l'idée de son épouse, de les discuter. Il représentait la force tranquille sur laquelle il faisait bon se reposer et la vie s'écoulait harmonieusement à ses côtés. Ils s'adoraient.

Néanmoins, durant les dernières semaines, la graine insidieuse du doute s'était incrustée dans l'esprit de Caroline. Contrairement à son habitude, elle ne s'en ouvrit pas à son époux. Elle craignait ses propres questions, les réponses apportées, la confrontation au mensonge et le premier désaccord depuis trente ans. Elle se renferma sur elle-même, détournant ses interrogations par de longues promenades avec sa fidèle Paprika. Elle savait que son mari remarquait sa distance, mais probablement évitait-il lui aussi une conversation périlleuse.

Aujourd'hui, elle regrette amèrement sa lâcheté. Aurait-elle pu sauver Andrew ? Cette question la mine depuis douze jours. Elle ferme les yeux en soupirant.

On toque à la porte qui s'ouvre dans la foulée sur un « Salut Maman » ! un peu trop jovial pour être totalement décontracté. Samuelle entre dans la chambre, les bras chargés d'une magnifique orchidée bleue à trois branches. Tout le monde connaît l'attirance de sa mère envers la « Vanda Moonlight Haze », il est facile de lui plaire. Peu de fleurs se révèlent aussi captivantes. Son exotisme irrésistible s'exprime au travers de couleurs magnétiques. Elle fascine par son jeu de clair-obscur entre des pétales bleu-violet délicatement ourlés, comme tatoués de multiples traits noirs, finement tracés à l'encre de

Chine sur une soie jaune d'or, avec au centre un pistil noir lui aussi, court et dressé comme une victoire. Caroline voue une véritable admiration pour la beauté sensuelle des orchidées, la fleur de l'Amour disait-elle. Elle en orne sa villa de variétés différentes, conférant ainsi à chaque pièce une atmosphère allant de la simplicité à la sophistication. Le summum du spectacle réside dans la serre – baptisée pompeusement l'Orchid@rium – où les « *Papillons* » côtoyaient les « *Sabots de Venus* », les « *Baroques* », les « *Aériennes* », « *les Terrestres* » et autres « *Tigres* ».

— Ma chérie, elle est absolument superbe ! s'exclame- t-elle en se redressant dans son lit. Le plaisir colore ses joues pâles et déclenche le rire mutin de Samuelle.

— A la bonne heure, Maman, cela fait plaisir de te voir sourire ! Je suis venue te l'apporter afin que tu en profites un peu. Les fleurs sont interdites à l'hôpital mais j'ai obtenu la permission pour quelques heures, à condition de ne pas la sortir de son emballage. Elle attendra bien sagement ton retour à la maison.

— Mes orchidées, se lamente la malade. Elles vont dépérir toutes seules.

— Oncle Henri s'en occupe et leur fait la causette ! la rassure sa fille en posant le pot sur la table située face au lit.

–– Ah mon cher Henri ! Toujours là malgré les difficultés. Sais-tu qu'il va être contraint de placer Ghislaine dans un institut spécialisé ? Ça lui brise le cœur mais Gigi fait beaucoup de bêtises qui portent à conséquences. Cet hiver, elle a éteint la chaudière, ensuite elle a allumé la cuisinière parce qu'elle avait froid. Heureusement, mon frère est arrivé. Pire ! la semaine dernière, elle a décroché un tableau d'un mur de la salle à manger et l'a jeté dans le foyer de la cheminée, sous prétexte qu'elle ne l'aimait pas. Il m'a raconté l'épisode il y a deux jours et restait très contrarié car il s'agissait d'une toile de valeur. Il ne peut pratiquement plus laisser ta tante sans surveillance.

— Oui c'est triste de la voir sombrer dans la folie ainsi, s'apitoie Samuelle. Cela me peine aussi pour Tonton, lui si passionné par la peinture, il a dû piquer une crise en la voyant brûler. Voici donc la raison pour laquelle il a placé une huile de Papa au mur. Maman, pourquoi m'as-tu caché que Papa peignait aussi bien ? Il avait énormément de talent.

— C'est vrai, il aurait pu devenir célèbre, reconnait Caroline, mais il a fait ce choix de vie en notre faveur, ma chérie. A partir de ce moment, il n'a plus souhaité en entendre parler. Tu sais ton père était à la fois très simple et très complexe.

— Pourquoi dis-tu cela ? demande doucement sa fille.

— Sans raison particulière. Simplement l'existence réserve parfois des surprises tu sais... elle perçoit l'air interrogatif de sa fille :

— Comme ? avance celle-ci prudemment.

— Comme... Caroline hésite à poursuivre, tourne le coin du drap entre ses doigts nerveux. Fera-t-elle plus de mal que de bien en parlant ? Ne vaut-il pas mieux garder l'épisode pour elle ? Après tout, c'est trop tard maintenant. Ce poids pèse si lourd ! Son silence a peut-être déjà coûté la vie à Andy, même de façon indirecte.

Elle prend une longue inspiration avant de se jeter à l'eau :

— Je ne sais pas comment te le dire ...

*

Samuelle a le pressentiment que sa mère va lui révéler la double-vie de son mari. Dans cinq secondes, il n'existera plus de secret, elle aura « officiellement » une sœur et son père mutera du stade « d'Andrew mon Amour » à « Ton père ce Menteur ». Cette analyse est juste si l'on considère que cacher est mentir. Pour autant, il les a protégées de la vérité en leur épargnant des souffrances inutiles.

— Et voilà ! Bien joué Papa ! Me voici en train de trouver des excuses à ton égoïsme et de te défendre ! sourit-elle intérieurement.

Sa mère se gratte la gorge et poursuit :

— Voilà... Il y a deux mois environ, j'ai surpris une discussion téléphonique. Ton père se tenait au fond du jardin, il ne m'a pas entendue entrer dans la serre. L'armature plastifiée atténuait la portée des mots, mais ce n'était pas un échange amical.

— Sûrement un souci professionnel, tente Samuelle.

— Et si je te dis que j'ai entendu clairement : « Hors de question ! je ne veux plus entendre parler de ces magouilles, c'est la dernière fois qu'on se parle sinon je raconte tout à la police », tu penses toujours qu'il évoquait son travail ? Non ! Andrew avait des ennuis. Il a raccroché aussitôt après et s'est assis par terre pendant au moins un quart d'heure. Je n'osais pas bouger. Il n'a jamais su que j'étais là et moi comme une lâche, je ne lui ai rien demandé. Je m'en veux terriblement...

Samuelle reste plantée devant le lit, droite comme un piquet. Tout d'abord, elle comprend que sa mère ne sait rien sur la deuxième famille de son mari, doit-elle s'en réjouir ? La confidence la laisse pantoise. Son père avait des problèmes suffisamment graves pour qu'il se sente pris à la gorge et menacé. Ce coup de téléphone, la lettre, l'agression dans le métro, l'accident de voiture, tout alimentait cette théorie. Le cerveau de la jeune femme carbure à plein régime. Il recoupe les évènements pour les classer tous dans la case « Danger » Ne lui laissant aucun répit, un flash audio l'assaille. La voix gouailleuse de Paulo, le serveur de Montmartre s'écrie

— Elle est morte ! Putain, je n'en reviens pas ! J'ai servi son dernier verre d'eau à une cliente un quart d'heure avant sa mort !

Samuelle s'écroule sur la chaise de la chambre d'hôpital, les jambes coupées devant la terrible évidence. La mort de Jeanne est liée à tout ça, comment peut-il en être autrement ?

— Je suis désolée ma chérie, je vois bien que cela te bouleverse. Ne tiens pas compte de ce que je t'ai raconté, je souhaite tellement trouver une raison à cette catastrophe, que j'imagine des situations ubuesques. Il s'agit probablement d'un chauffard qui a pris la fuite. De toute façon cela ne ramènera pas Andy à la vie, larmoie sa mère, la tête baissée.

Samuelle se précipite et la prend tout contre elle. Mieux vaut aller dans son sens afin de réduire son inquiétude.

— Tu as certainement raison, c'est une horrible coïncidence. Cette conversation pouvait parfaitement être une altercation avec un employé licencié. Tu sais très bien qu'un patron ne tient pas toujours le bon rôle et Papa était « droit dans ses bottes ». Quand il avait pris une décision, il ne changeait pas d'avis.

— Bien sûr ma grande, je vois tout en noir…

— C'est bien normal, moi aussi j'ai du mal à sortir du trou et sans Étienne, je n'y arriverais pas. Nous partons demain matin, je dois me déplacer en Angleterre pour effectuer un reportage sur un nouvel artiste, en vogue Outre-Manche. Je resterai absente une dizaine de jours mais je t'appellerai souvent. Oncle Henri s'occupera de tout, il me l'a promis.

— Cela me soucie de te savoir si loin, je n'ai plus que toi, tu sais.

— Ne t'inquiète pas ma petite Maman, Étienne vient avec moi. Tu peux compter sur lui pour être sur mon dos et ne pas me laisser faire n'importe quoi, réponds-je en lui plantant une bise sonore sur le front. En attendant, je vais déposer cette jolie Vanda avec ses sœurs dans ta serre puis passer ma dernière nuit chez Tonton. Promets-moi de bien te nourrir, sans te mettre martel en tête, je veux te trouver debout à mon retour.

— D'accord, ma chérie, sois prudente... Ton père a eu la mauvaise idée de te transmettre son côté obstiné, sourit tendrement Caroline. Il vit dans tes yeux, ajouta-t-elle en lui adressant un ultime baiser du bout des doigts.

SAMUELLE

27 mars, 2 rue des Aulnes à Deauville.

Je suis fatiguée. Mais je pourrais tout aussi bien dire que je suis angoissée, inquiète, en colère, désolée, meurtrie, parce que je suis tout cela à la fois. Néanmoins, c'est un autre qualificatif qui domine en moi : je suis déterminée... Résolue à tout mettre en œuvre pour découvrir la cause de la mort de mon père. Une chose est sûre, il ne s'agit pas d'un banal accident de voiture. L'agression dans le métro, la fuite du chauffard, Jeanne renversée à Paris, et maintenant cet appel téléphonique plus que suspect, trop d'événements tragiques se succèdent pour n'être que des hasards.

Ce matin j'ai pris la résolution de rencontrer ma demi-sœur – Dieu sait si c'est compliqué pour moi – et l'information transmise par ma mère conforte mon choix. J'accéderai au souhait de papa, sans compter que cette fille pourra peut-être m'aider à comprendre qui a attenté à ses jours et pour quelle raison.

J'entends distinctement dans ma tête :

— C'est bien mon enfant, tu as pris la bonne décision.

Je chancelle, étourdie. Comment puis-je entendre sa voix si clairement alors qu'il n'est plus de ce monde ?

— Ta sœur et toi allez être bientôt réunies, cela me rend très heureux.

Je secoue la tête afin de recouvrer mes esprits et regarde autour de moi. Je suis dans la serre, chez mes parents, au beau milieu d'une quarantaine d'orchidées, toutes aussi admirables les unes que les autres. La magie de l'endroit est propice à une atmosphère mystique, c'est la seule explication. A moins que le mélange complexe des fragrances voluptueuses ne soit en cause. Ma mère dirait que leurs senteurs vanillées, leurs exhalaisons, parfois comparées à celles des Jacinthes ou des Narcisses, résultent de sécrétions destinées à rendre ces fleurs irrésistibles auprès des pollinisateurs. Soit, mais leur odeur m'incommode.

J'aperçois une ombre à travers la bâche et m'approche jusqu'à poser mes mains et mon visage contre l'enveloppe translucide. Il s'agit de celle d'un homme recroquevillé en chien de fusil, à même le sol. Les genoux maintenus contre sa poitrine par ses bras croisés, il est immobile et semble dormir. Je sais immédiatement qu'il s'agit de « lui » avant même qu'il lève la tête.

— *Merci Chérie*, articule lentement mon père, les yeux pleins d'amour.

— Papa...

— *Chuuutt* ... me souffle-t-il en posant son index sur ses lèvres.

Un nouvel étourdissement me pousse à fermer les paupières quelques secondes. Quand je parviens à les rouvrir, mon père est toujours là, mais cette fois-ci, il est assis sur une chaise, dans une vaste pièce traversée par une lumière matinale printanière, un pinceau brosse à la main, face à une toile posée sur un chevalet. Autour de lui, des dizaines de tableaux sont appuyés contre les murs. Je peux percevoir l'émanation de la peinture – cette odeur caractéristique si souvent humée durant mes premières études aux Beaux-Arts – et quasiment toucher du doigt les petits tas de couleur fraîchement étalés sur la palette du peintre. Papa est plus jeune et son visage, éclairé d'un sourire conquérant, reflète l'insouciance.

— *Caro my Love, tu es superbe, cette huile sera magnifique, je vais devenir un grand artiste et tu seras le modèle le plus admiré au monde, comme Mona Lisa* ! s'écrie-t-il.

— *N'exagère pas Andy, ton tableau est encore en chantier*, répond la voix cristalline de ma mère.

— *Mais je le sais déjà, mon cœur* ! s'extasia-t-il en riant à gorge déployée.

— *Alors dépêche-toi de le terminer parce que dans quelques temps, je ne serai plus si belle, mon ventre s'arrondira* et tu ne pourras peindre que la *fécondité.*

L'outil quitte la main de mon père et tombe lourdement au sol, l'éclaboussant d'une multitude de fines gouttelettes mordorées. Je vois les larmes mouiller ses yeux et rouler doucement sur ses joues. Il ne bouge pas, pétrifié d'une émotion que je ressens aussi. Puis sans crier gare, l'explosion de sa joie le fait bondir comme un pantin hors de sa boîte. Il se précipite sur ma mère, l'extirpant littéralement du fauteuil dans lequel elle était nonchalamment assise. Enlacés ils se mettent à tournoyer, portés par l'allégresse de mon père :

— *Je vais avoir un fils, je vais avoir un fils !* »

Ma future mère le reprend en riant :

— *Ou une fille, qui sait* ?

— *Garçon, fille, peu importe, ce sera notre enfant. Nous l'appellerons Samuel*, décide-t-il.

— *Ou Samuelle*, corrige-t-elle de nouveau.

Mon attention se porte sur mon père, il paraît tellement heureux ! J'ai devant les yeux, le bonheur d'un couple, aux anges d'attendre son premier enfant. J'ai envie de les prévenir que je suis là mais l'image se floute déjà. Devenus hologrammes, leurs corps flottent au-dessus du sol, se déforment et s'évaporent en douceur, abandonnant dans l'air des effluves de peinture, aussitôt remplacés par ceux plus délicats, des orchidées.

Arrimée à l'armature de la serre, je reste statique, l'esprit paralysé par la totale incapacité à capter ce qui vient de se produire. A regret, mes doigts desserrent un à un leur prise, dans la crainte d'un prochain vertige. La nausée au bord des lèvres, je me dirige comme un automate vers l'extérieur, jusqu'au mètre carré de pelouse où la première apparition a eu lieu. Rien, personne. Aucune marque au sol, aucune effluence n'attestent la moindre présence récente.

Je ne comprends plus rien. J'entends des voix, j'imagine des situations, j'ai des visions – et pas des plus banales, des fantômes. Je ne vais pas me mettre à croire en l'au-delà quand même ! Je suis crevée et tout cela me monte à la tête. « Allez réagis ma vieille, sinon tu vas finir à l'asile ! »

Forte de cette réaction, je passe la main dans mes cheveux, pince mes lèvres sans tendresse et me donne deux claques énergiques sur les joues pour « *reprendre du poil de la bête* » comme dit ma grand-mère, maternelle bien sûr, parce que ma Grandma anglaise ne prendrait le poil d'aucune bête. Elle les a toutes en sainte horreur… sauf les visons.

L'incohérence est manifeste, elle confirme cette triste constatation : mon cerveau me joue de sales tours. J'ai intérêt à le remettre en bon état de fonctionnement, et pas plus tard que tout de suite. Action ! Téléphone… Contacts… Étienne… Texto…

« J'arrive, prépare tes affaires nous partons demain matin pour l'Angleterre. »

Il ferait beau voir que je me fasse déborder par mes nerfs…

ÉTIENNE

27 et 28 mars, chez les Franqueuil.

Huit heures du matin ce 28 mars, Étienne finit de boucler sa valise et s'apprête à saluer Henri. Ils ont beaucoup sympathisé, il faut dire que le bonhomme inspire la confiance. Au cours des longues parties d'échecs qui les ont à la fois réunis et opposés dans le salon depuis deux jours, le courant est passé, libérant les confidences de part et d'autre.

La veille au soir, Henri s'est délesté d'une partie du poids qui pesait sur ses épaules depuis plusieurs mois. La santé mentale de sa femme se dégrade de jour en jour et il va devoir se résoudre à la placer dans un établissement pour personnes dépendantes. Non seulement se séparer d'elle lui brise le cœur mais il sait pertinemment qu'il aura du mal à trouver un institut où le confort et les soins correspondront à leurs moyens. Il s'en était ouvert à Andrew qui lui avait proposé son aide, mais sa disparition remet tout en question.

— Pourquoi n'en parlez-vous pas à Caroline, Henri ? Votre sœur tiendra à respecter la promesse de son mari, lui suggéra Étienne.

— Elle a bien assez de malheurs comme cela. Nous verrons plus tard. Je prospecterai dans la région et en attendant de trouver la perle rare, je garderai ma Gigi à la maison.

Il se fit bien sûr mettre échec et mat par manque de concentration et au cours de la partie suivante, la conversation bifurqua sur la vie d'Étienne. Manifestement, Henri avait été briefé – par Samuelle ou Andrew, qui d'autre ? – sur les préférences sexuelles de son adversaire, car il aborda adroitement le sujet en évoquant une éventuelle aventure sentimentale avec sa nièce. Après avoir tenté de déjouer l'amorce en détournant la conversation sur le déplacement quelque peu aventureux de la reine adverse, Étienne se fit prendre à son propre jeu et Henri Franqueuil retourna la situation avec l'aisance d'un joueur aguerri.

— Personnellement, je trouve que vous feriez un beau couple Sam et vous. Vous dans l'import-export et elle journaliste en art pictural, ce serait très « *glam* » comme on dit aujourd'hui. Pour ne rien gâcher, vous êtes beaux tous les deux, vos enfants auraient des yeux magnifiques... Oh pardon j'outrepasse la bienséance, gloussa-t-il avec l'air d'un chat qui vient de laper un bol de lait en cachette.

— Comme vous êtes malin, Henri ! s'esclaffa Étienne tout en poussant son cavalier sur l'échiquier.

Vous cherchez à me déstabiliser, bien vu. Vous avez raison, nous aurions de beaux enfants, sauf que nous n'aurons jamais d'enfants puisque comme vous le savez, je ne suis pas attiré par les dames en général, sauf par votre reine cela va sans dire...

— J'ai effectivement déjà entendu cette ineptie, susurra Franqueuil sans lever les yeux du plateau de jeu. Sauf que je n'y crois pas une seconde.

— Vous ne croyez pas que votre dame noire va se faire renverser par mon roi, c'est cela ? Vous avez tort Henri, même si vous portez le prénom d'un souverain. Il ne faut jamais se fier aux apparences, dit-on, elles sont souvent trompeuses, remarqua à son tour son partenaire en riant.

La joute s'exerçait en deux dimensions, sur la table et entre les deux hommes. Chacun avançait ses pièces de bois comme ses mots, prudemment en anticipant la réaction de l'autre.

— Victor Hugo a dit « *les instincts sont les yeux mystérieux de l'âme* » Le mien me dit que vous n'êtes pas plus gay que je ne suis curé. Regardez-moi dans les yeux, Étienne et laissez-moi lire en vous. Attention mon jeune ami ! Vous allez vous faire prendre votre cavalier, se moqua Henri.

Étienne commit l'erreur de lever la tête et son vis-à-vis plongea dans ses yeux. Il ne put soutenir la perspicace inquisition et détourna le regard le dixième de seconde qui signa sa capitulation.

— Henri, vous étiez dans la police dans une vie précédente, ce n'est pas possible ! s'exclama-t-il en éclatant de rire.

— Ni flic, ni psy, mais cela saute aux yeux. Je ne comprends pas que la péronnelle soit tombée dans le panneau. Expliquez-moi un peu, je suis curieux de comprendre la raison de votre mensonge. Allez ! Ne vous faites pas prier, nous sommes entre hommes et tout ce que vous me confierez restera entre nous, le pria Henri.

Étienne comprit qu'il était coincé. Il capitula en souriant.

— OK, vous m'avez eu, mon cher... Vous avez raison, je suis tout ce qu'il y a de plus hétéro, mais je n'ai trouvé que cette alternative aux avances de Samuelle. En fait, je ne sais pour quelle obscure raison les femmes ont du mal à être amies avec les hommes – Il faut toujours qu'elles les séduisent –, mais avec les homosexuels, cela ne leur pose aucun souci. Eh bien, Sam n'est pas différente des autres femmes, elle aime plaire, c'est une sorte de test vis à vis d'elle-même, je suppose.

— Vous pensez que cette attitude est réservée aux femmes, Étienne ? glousa Henri.

— Non bien sûr, l'être humain est formaté pour séduire. Le même phénomène se produit entre les hommes et les femmes, sauf que la gent masculine est plus rarement amie avec les lesbiennes. Mais je ne voudrais pas faire de raccourci sexiste, ce n'est pas mon propos. Avec Samuelle, je me suis contenté de mettre le curseur au centre et de le placer sur le registre « Amitié » et je peux vous dire que cela fonctionne parfaitement. Elle et moi sommes les meilleurs amis du monde. Pas de pollution sentimentale et pourtant nous faisons tout l'un pour l'autre, la preuve demain je l'accompagne en Angleterre.

— En Angleterre ! Mais pourquoi faire, que diable ? Caroline a besoin de sa fille.

Étienne se sentit sur un terrain glissant et ne voulut pas pousser les confidences plus en avant. Pour autant, il se dit que tester Henri sur sa connaissance ou non de la vie intime d'Andrew ne coûtait rien.

— Sam a besoin de suivre une sorte de pèlerinage. Andy allait souvent en Angleterre pour son travail, et rencontrer des personnes qui le connaissaient, lui apportera un peu de réconfort. Je l'accompagnerai dans cette démarche et votre nièce en profitera pour interviewer une jeune peintre en vogue. Si son talent le mérite, je lui proposerai d'exporter ses toiles en France.

— Andrew était très fier de sa fille, même si elle n'avait pas suivi ses traces artistiques. Après tout, les parcours atypiques sont une histoire de famille, souligna Henri en portant l'estocade dans la foulée. Échec et Mat mon jeune ami. Désolé de vous avoir déconcentré. Allons rejoindre Morphée, si vous partez demain, il vous faut passer une bonne nuit. Et soyez sans crainte, votre petit secret sera bien gardé. Solidarité masculine oblige...

*

28 mars, 8 heures

Alors qu'il entre dans le salon, Etienne repense à cet épisode. Il a confiance en la discrétion d'Henri Franqueuil. Celui-ci savoure son café, confortablement installé dans le canapé de cuir rouge brique et lui adresse un clin d'œil, associé à un geste amical de la main.

— Salut Etienne ! Bien dormi ?

Il n'a pas le loisir de répondre, une Samuelle au teint brouillé et au visage chiffonné fait irruption, sa valise d'une main et son Vanity-case de l'autre.

— Hé ma jolie ! Te voici déjà sur le départ on dirait, Étienne m'a mis au courant hier soir, lui sourit son oncle en lui tendant une tasse odorante. Je sais tout.

Il faudrait être aveugle pour ignorer le coup d'œil meurtrier de Sam.

— Étienne, tu es un sale con, lit-il dans son regard.

Il reçoit l'insulte muette en marquant une légère hésitation. Quelle mouche la pique encore ? se demande-t-il en lui retournant un regard étonné. Imagine-t-elle qu'il a révélé la vie cachée d'Andrew ? Il n'est pas idiot à ce point. Même si Henri appartient au cercle fermé de leurs confidents, il est hors de question de risquer une gaffe de sa part devant Caroline.

— C'est compliqué, Tonton, biaise-t-elle en détournant les yeux.

— Il n'y a rien de compliqué à faire son métier, ma puce. Je suis suffisamment féru de peinture pour comprendre que la découverte de jeunes talents est extrêmement importante. Pour eux comme pour toi. Ton père, avec la droiture qui le caractérisait, t'aurait dit la même chose que moi. Allez file ! le devoir t'appelle ! Je m'occuperai de tout ici.

Si Samuelle pouvait s'enfouir sous terre, elle le devrait, se dit Etienne. Elle a douté de sa discrétion et l'offense mérite au moins un regard d'excuse. Au lieu de cela, elle évite soigneusement son champ de vision, s'assoit près de la baie vitrée et, mine de rien, se met à siroter son café.

DEUXIÈME PARTIE :

En Angleterre

- 1 -

OSCILLATION

Entre le 17 février et le 28 mars 2019

SWANN

28 mars, Portsmouth, 10h30.

Swann pousse son fauteuil près du bord de la piscine couverte et cherche ses béquilles des yeux pour se rassurer. Elles sont là où elle les a laissées hier. Forcément... Qui les aurait déplacées, puisqu'elle vit désormais toute seule dans cette maison. ? Le double choc de la perte de ses parents a provoqué une attaque brutale et l'a clouée en quelques heures dans ce fauteuil, percluse d'algies épouvantables qui ne lui laissent aucun répit depuis quinze jours.

La jeune femme secoue la tête pour disperser ses sombres pensées. Matthew ne tardera à arriver. Ils ont rendez-vous à onze heures et c'est un homme toujours très ponctuel. Elle ne souhaite pas le faire attendre et en même temps, n'a pas envie d'accomplir ses exercices. Déjà dix ans que le « Physical Therapist [7]» lui prodigue des soins de rééducation par l'harmonie corporelle, qui contribuent à son mieux-être par le biais d'activités

---

[7] Psychomotricien

de coordination et de rythme. Le savoir-faire du professionnel, ses qualités d'écoute, sa disponibilité et sa patience, lui ont permis de retrouver une autonomie dont les retentissements de la S.P.I.D. [8]la privaient depuis plusieurs années. Grâce à lui, elle délaisse sa chaise roulante, se déplace la plupart du temps avec une seule béquille, et les moments les plus cléments, elle parvient même à marcher quasi normalement. Il a réussi le tour de force de lui faire accepter son handicap en l'encourageant à développer ses aptitudes artistiques, autour de ses deux domaines de prédilection : la musique et surtout la peinture.

La Fibromyalgie est une saloperie de maladie. Elle en a ressenti les premiers symptômes pendant son enfance. A l'âge de douze ans, elle se retrouva un matin, privée de force musculaire dans la jambe droite. Quelques jours plus tard, des raideurs articulaires s'installèrent, irradiant du creux des genoux vers les deux chevilles. Chaque mouvement provoquait brûlures et décharges électriques dans ses mollets et ses pieds. Après avoir, dans un premier temps, mis cela sur le compte de la croissance, ses

---

[8]Syndrome Polyalgique Idiopathique Diffus

parents, inquiets, consultèrent. D'examens sanguins en explorations complémentaires normaux, la médecine incrimina le psychisme et décréta une *« simulation pour capter l'attention. »*

Swanny était docile, réservée certes, mais sans souci. L'explication ne convainquit pas sa famille – principalement son père qui multiplia les recherches sur les douleurs inexpliquées. Lors d'un voyage professionnel en France, Andrew rencontra un grand rhumatologue parisien au cours d'un cocktail d'affaires.

— Avez-vous envisagé la Fibromyalgie ? demanda le spécialiste, entre deux petits fours.

Devant l'air interrogatif de son interlocuteur, le professeur brossa les éléments de détection de cette malade insidieuse : des souffrances généralisées, des troubles du sommeil, une fatigue intense et souvent, une détresse psychologique. Il proposa à Andrew de lui amener l'enfant la semaine suivante en consultation au pôle ostéo-articulaire de l'hôpital Cochin.

Swann se souvient très bien de ce grand monsieur avec le col de sa blouse blanche remonté sur son cou. Il avait écouté son cœur, manipulé ses bras et ses jambes, exercé des pressions jusqu'à ce qu'elle grimace, contrôlé ses réflexes et avait prescrit une prise de sang. Le surlendemain, les examens sanguins revinrent normaux et à l'issue d'un test spécifique, le docteur confirma une fibromyalgie.

— On ne pense pas assez à cette affection, commença-t-il en s'adressant à Andrew et Jeanne. Elle n'est pas courante mais mieux la connaître, c'est comprendre comment se battre. Il existe des thérapies classiques mais à mon sens, le facteur psychique est essentiel et il faut travailler sur les interactions environnementales. Puis en se tournant vers sa patiente, il poursuivit :

— Ta fragilité n'est pas une fatalité, jeune demoiselle. Il existe beaucoup de solutions pour te permettre de vivre normalement. Bien sûr, tu seras un peu plus fatiguée que tes camarades, mais en grandissant tu t'apprendras et ta vie sera très épanouie. Quels sont tes loisirs préférés ?

Elle répondit qu'elle aimait peindre *« comme Papa »* et chanter *« pareil que Maman »*.

— A la bonne heure ! s'exclama le professeur. Madame, Monsieur, l'ergothérapeute lui montrera comment gérer ses troubles physiques. Quant à toi, tes émotions t'aideront à développer tes propres compétences. Souris, ma puce ! ajouta-t-il, tu seras un grand peintre et si parfois des crampes dans les mains t'empêchent d'exercer, tu t'épanouiras en chantant. Quels beaux métiers, n'est-ce pas ? dit-il aux Tompkins.

En réponse, Jeanne prit sa fille dans ses bras.

— Bien sûr, tu grandiras comme les autres, mon petit cœur.

Andrew, lui, resta raide sur sa chaise et voulut en apprendre plus sur la survenue d'une telle maladie, savoir si son épouse ou lui-même en étaient responsables.

— Surtout ne culpabilisez pas, les rassura le médecin. Il n'y aucune raison établie, pas de transmission génétique prouvée, mais on a pu observer que le point de départ provenait en général d'un stress, d'une émotion. Rien de spécial en ce qui concerne Swann ?

D'une seule voix, ils rejetèrent cette éventualité. La petite était sensible, il est vrai, inquiète parfois, mais ils n'avaient aucun souvenir de traumatisme.

La vie de Swann fut rythmée par un accompagnement thérapeutique, nécessitant la présence quotidienne d'un « Physical Therapist. » C'est ainsi qu'après un bon nombre de tentatives et autant d'échecs, Matthew entra dans sa vie à l'âge de quinze ans, et y resta.

Quand elle rechignait à s'entrainer, il la secouait gentiment en plaisantant.

— Je suis ton coach attitré, tu me dois l'obéissance éternelle. Est-ce que tu te rends compte, jeune fille, que tu as devant toi, l'entraîneur particulier d'une future grande artiste ? Pas l'intention de perdre ce statut en te laissant t'étioler dans un fauteuil à roulettes. Allez debout, petite paresseuse ! Prends ta béquille, on file à la piscine !

Elle se levait alors en soupirant, et claudiquait jusqu'au superbe bassin, chauffé et couvert l'hiver. Matt avait raison, sa réussite nécessitait des efforts permanents. Elle était condamnée à ne jamais lâcher prise, ou tous les effets obtenus fondraient comme neige au soleil.

Dans l'eau, Matthew ne lâchait pas son « élève ». Après quelques longueurs de nage douce, les exercices s'enchainaient sous forme d'une chorégraphie harmonieuse des bras et des jambes. Dans l'eau tout était plus facile, et cependant la résistance aquatique favorisait la musculation. Swann accomplissait ses mouvements avec souplesse, elle se sentait libre. Lorsqu'elle sortait de l'eau, un large sourire illuminait son visage. Elle était prête à en découdre avec la vie.

SWANN

Du 17 au 28 mars, Portsmouth.

Swann fut incapable d'assister aux obsèques de son père. Son décès suivait de trop près les révélations de sa mère et elle n'était pas prête à affronter la preuve du versant caché de l'existence paternelle. Curieusement, la divulgation n'entraina pas de crise. En était-ce une, d'ailleurs ? Elle reçut la nouvelle comme une information enfouie, émergeant au grand jour et répondant aux soupçons qui la taraudaient depuis plusieurs mois. A deux reprises elle avait surpris une conversation à voix basse dans l'atelier. L'endroit était réservé à la création et son père disposait d'un bureau pour la gestion de ses affaires professionnelles. Il s'agissait donc d'un appel personnel qu'il écourta d'un air gêné. La seconde fois, elle croisa son regard calme, sous lequel elle décoda « Eh bien, voilà. » Elle préféra quitter la pièce sans répondre à l'invitation muette d'en savoir davantage.

Toutefois, elle soupçonna une aventure, pas une vie cachée, organisée depuis des années. L'apprendre de la bouche de sa mère, la déstabilisa, mais paradoxalement, la soulagea aussi. A posteriori, la situation expliquait la régularité des allers et retours entre les deux pays.

Perturbée, bien sûr elle l'était… Cependant, elle ne parvenait pas à en vouloir à son père. Il les avait aimées, protégées et sa vie secrète ne leur avait jamais porté préjudice – hormis celui de l'avoir privée d'une sœur qu'elle réclamait à cor et à cri depuis son enfance.

— Mon chat, je suis bien trop souvent parti. Je préfère me consacrer entièrement à ma petite chérie.

Et voilà que le 17 février, elle apprenait que cette sœur existait et se positionnait en « Pole Position » dans la fratrie. De fille unique, elle rétrogradait au rang de cadette. De quoi être désarçonnée ! Elle fut déçue de ne pas l'avoir su plus tôt, mais reconnaissait objectivement que c'était mission impossible sans bouleverser l'équilibre familial.

Sa mère lui en fit part d'une voix atone, comme d'un banal, et fut succincte sur le sujet malgré son insistance. Andrew avait été marié avant de la connaître, il avait tu cette union et s'était remarié avec elle trois ans plus tard, sans rompre son premier lien. En résumé, il partageait sa vie entre deux foyers depuis trente ans, l'un en France et l'autre en Angleterre.

Devant l'air abasourdi de sa fille et l'avalanche de questions sur le point de déferler, elle abrégea la discussion avec lassitude :

— Andy m'a demandé de t'avertir, je m'exécute, mais je ne sais pas encore la suite que j'apporterai à cette supercherie.

— Mais Maman, la bigamie est interdite ! s'exclama Swann.

— Justement, fut la réponse, aux yeux de la loi, notre mariage n'est pas valable. Je ne m'appelle pas Tompkins. Juridiquement tu es bien son enfant, mais moi je ne suis rien.

Sur ce, elle tourna les talons, puis se ravisa et lâcha d'un ton morne :

— Il a une autre fille de trois ans ton aînée. Elle n'a pas encore appris ta présence, mais ton père aimerait que vous vous rencontriez.

— What ? I have a sister [9]? Le ciel aurait pu tout aussi bien lui tomber sur la tête, elle n'aurait pas été plus assommée. Elle en perdait son français, chose rarissime en présence maternelle.

---

9 Quoi ? J'ai une sœur ?

— Je ne veux plus en parler, Swanny. Je pars quelques semaines afin de prendre du recul. Andrew rentrera dans quinze jours, je ne serai pas là, c'est trop compliqué. Il t'expliquera lui-même.

Swann ne put en savoir davantage. Le lendemain, sa mère avait quitté la maison en laissant un message sur la table du salon : « *Matthew viendra tous les jours de la semaine, et Rosie assurera les courses et le ménage, à bientôt Chérie* »

Il n'y eut ni quinze jours, ni « *bientôt,* » car elle ne revit jamais ses parents. Le sort s'acharna sur leurs vies. Andrew Tompkins retarda son retour et le 15 mars, Jeanne en pleurs, lui annonça qu'il avait été tué sur le coup, lors d'une incompréhensible sortie de route en Normandie. Face à l'horreur de la nouvelle, Swann, prise de tremblements incoercibles rejeta tout d'abord l'évidence.

— Tu dis n'importe quoi ! C'est impossible, Papa conduit parfaitement bien !

— Il a sûrement été distrait ou bien il a fait un malaise, reprit sa mère entre deux sanglots. Il n'était pas seul dans la voiture. Elle l'accompagnait.

Swann comprit qu'il s'agissait de l'autre. Elle eut un haut-le-cœur.

— Elle est morte aussi, j'espère ! Dis-moi qu'elle est morte s'exclama- t- elle, d'une voix plaintive. Il faut qu'elle disparaisse et que papa rentre à la maison !

— Elle est à l'hôpital d'après le journal, mais je ne souhaite pas en savoir plus. Oh, mon cœur, qu'allons-nous devenir sans lui ?

Que répondre ? Swann n'avait jamais imaginé une vie sans son père. Elle voulait encore le voir franchir le seuil de la porte d'entrée, les bras chargés de cadeaux, comme à chaque retour de voyage, en criant : « Ohé ! il y a quelqu'un dans cette maison ? Hum, ça sent bon ! » Elle l'allécherait avec un bon crumble à la rhubarbe, il était si gourmand ! A la place, elle l'imagina au volant d'une voiture qu'elle ne connaissait pas, accompagné d'une femme inconnue, dans un pays qui n'était pas le sien. Il parlait de choses qui ne les concernaient ni elle ni sa mère et son illégitimité la cingla comme une gifle. L'information suivante provoqua une sourde crampe au creux de son ventre.

— Les obsèques auront-lieu le 19 mars en France. Je l'ai appris par l'entreprise de pompes funèbres.

— En France ! Papa vivait ici, en Angleterre ! Nous ne sommes donc plus rien ? s'écria-t-elle, révoltée.

Le soupir dans l'appareil lui fendit le cœur :

— Hélas ! Vis-à-vis de la loi, sa famille officielle vit dans l'hexagone. Nous n'existons pas, Chérie. Personne ne nous connait, même ces gens, là-bas n'ont jamais entendu parler de nous. Mais il est hors de question de le laisser partir tout seul, je l'accompagnerai anonymement. C'est la façon dont j'ai finalement toujours vécu.

— Moi je n'irai pas, je ne veux pas les voir, décréta Swann en colère. Ce sont eux qui t'ont prévenue ?

— L'ombre n'a pas de numéro de téléphone, sauf dans le portefeuille d'Andy, trouvé par la police. Il demandait expressément de nous prévenir « *avec discrétion* », en cas de malheur.

La formule entraîna une nouvelle contraction douloureuse. Il avait tout prévu. Au-delà du trépas, le père admiré, l'homme solide veillait sur ses proches. Difficile d'ajouter l'époux fidèle et pourtant il l'avait été en quelque sorte : attaché à sa double famille. Doublement fidèle.

Swann vécut ce 19 mars, recluse, souffrante et malheureuse. Elle prit la mesure de son exclusion et s'isola d'instinct dans l'atelier de peinture, espace privilégié de partage avec le défunt. Il lui avait transmis sa créativité et jamais personne ne pourrait effacer la richesse de leurs échanges artistiques. Elle décida de ne pas s'aigrir et de poursuivre une vie créative en l'honneur et dans l'amour paternel. Aucune amertume, pas de regrets posthumes. Elle resterait Swann Tompkins fille d'un type formidable et personne ne lui enlèverait jamais cela.

Malheureusement, le 23 mars, le sort asséna le coup de grâce aux dernières fondations de la branche anglaise des Tompkins.

Quand elle vit Matthew et Rosie, son ex nounou devenue intendante, pénétrer dans le hall d'entrée en se tenant la main, elle comprit qu'une nouvelle calamité s'était abattue sur leur famille. Ils n'eurent pas besoin d'en dire plus, le visage fermé de son coach et les yeux rougis de la gouvernante parlaient d'eux-mêmes. Son seul ami se trouvait devant elle et sa mère était son dernier lien parental. Il ne pouvait donc s'agir que d'elle.

Elle hurla comme un animal blessé à mort.

— Maman ! Non... Pas toi !!!

Rosie la reçut dans ses bras et avec l'aide de Matthew, l'allongea sur le canapé du salon. De toute la douceur dont il était capable, il relata le triste événement : Jane venait d'être renversée par une voiture à Paris, alors qu'elle se trouvait sur un trottoir et elle était décédée sur le coup.

Swann, en plein brouillard, comprit à peine tous les mots, s'attachant plus à la logique qu'au fond. Elle balbutia, complètement irrationnelle :

— Que faisait Maman à Paris ? Il n'y a donc que des chauffards sur cette terre ? Je déteste la France.

La souffrance la rendait incohérente. Matt n'eut d'autre solution que de lui administrer un anxiolytique qui la calma sans pour autant la soulager. Dans les deux heures suivantes, les symptômes déclenchés quinze jours auparavant, s'exacerbèrent. Des élancements insoutenables envahirent ses avant-bras, accompagnés de crampes digitales et de contractures hyper algiques des mollets. Elle endurait le martyre dans son corps et dans sa tête. Une hospitalisation d'urgence permit de contenir la douleur, mais les symptômes persistants la privèrent de vitalité pendant plusieurs jours. Elle se retrouva une fois encore, clouée dans un fauteuil. Quant au phénomène dépressif associé, elle le vaincrait, aux dires du thérapeute. Le destin s'acharnait mais le temps jouerait son rôle et elle était forte. Elle le prouvait chaque jour depuis son enfance.

De son lit d'hôpital avec l'aide de Rosie, elle fit rapatrier la dépouille de sa mère et régla les formalités des obsèques.

Quatre jours plus tard, hier, elle déposait son urne dans un petit caveau sur lequel elle plaça une plaque de marbre rose sur laquelle étaient gravés en italique, les mots « *Merci Maman, je t'aime* » Ensuite elle rentra chez elle et laissa libre cours à son chagrin de double orpheline.

*

28 mars, 10h30

Swann est en boucle dans ses pensées négatives. Depuis le 14 mars, la fatalité a non seulement tué ses parents, mais a réduit à néant tout son travail. Son corps réagit à son chagrin, il l'accompagne en supplice. Tout est compliqué, dehors, dedans. Vidée de son énergie, démunie devant l'adversité, elle a perdu son caractère combatif et les médecins ont beau lui assurer qu'elle remontera la pente, c'est difficile à croire. La vie n'est-elle donc que tourments ?

Seul Matt peut l'aider. Il saura lui montrer le chemin. Encore cinq minutes et il sera là...

MATTHEW

JAS House, 11h.

— Allez, Princesse ! En piste ! N'imagine pas un seul instant que tu vas te prélasser dans ton carrosse ! Attends un peu que je touche ton costume de ma baguette magique et il va se transformer en tenue de combat. Soldat Swann, debout ! Plus droite que ça ! Une deux, une deux…

Matthew a préparé son entrée dans la propriété. Il sait qu'il trouvera sa protégée en pleine déprime, comme les cinq derniers jours, mais il la guide petit à petit vers une amélioration. Son instinct de survie va l'aider à s'en sortir, elle vient d'amorcer un sourire. Il la connaît si bien cette gamine !

Quand ses parents la lui avaient confiée, elle ressemblait à une petite souris apeurée devant un énorme matou. Il choisit la simplicité avec elle et sa famille. Pas d'apitoiement : de l'écoute, de l'humour, de la complicité. Et du travail bien sûr…

– Ta montagne est trop haute, Swann ? lui demanda-t-il un jour de faiblesse. Fais-en le tour, il y a forcément un versant où une voie te permettra d'atteindre le sommet. Qu'importe si le chemin est un peu plus long, tu y arriveras. Ton objectif est là, rappela-t-il en lui imprimant la pulpe de son index au milieu du front. Prends la direction et je t'aiderai à grimper le sentier. La première étape consiste à te dire que tu en es capable. OK comme ça ?

Et il partit d'un grand éclat de rire quand l'adolescente frappa dans sa paume pour sceller leur accord.

Cette môme représentait sa thérapie à lui aussi. Son embauche par la famille Tompkins intervint à un moment crucial de sa vie. Il n'avait jamais avoué son séjour en prison à Andrew et Jane : Trois ans pour avoir servi de chauffeur dans un cambriolage, une belle connerie qui faisait suite à une adolescence perturbée, ponctuée de fugues de ses différents foyers d'accueil et à dix ans d'une vie d'adulte rythmée par la fête, le jeu et l'alcool.

A sa libération, en 2007, il avait trente ans, ses amis l'avaient oublié et la société lui avait tourné le dos. Pas de travail, aucune envie, il se retrouva vite dans la rue à faire la manche. Des mois de galère et une solitude bien supérieure à l'enfermement, le cerveau noyé par le mauvais vin. Le ramassage par la « *Social Round up* [10]» en plein hiver, la rencontre

---

[10] La Maraude

avec Blanche, une bénévole, sa patience, sa force, sa confiance, sa tendresse, lui remirent le pied à l'étrier de la vie. Une cure de désintoxication soutint ses efforts, l'aidant à combattre ses addictions et à clarifier ses choix.

Depuis, Blanche était partie, sans bruit et sans chagrin, mais pas avant qu'il obtienne son certificat de physiothérapie. La vie lui offrait une planche de salut, c'était à son tour d'aider les autres. Et la môme était arrivée avec son air cabossé et sa frimousse pleine de taches de rousseur. Trois ans qu'elle collectionnait les soignants, masseurs et autres kinésithérapeutes, sans en garder un plus de trois mois. La plupart du temps ils se décourageaient devant le mutisme et le peu d'enthousiasme de leur patiente.

Cela colla tout de suite entre eux deux, à croire que les chats écorchés se reconnaissent… Sans nier ses difficultés à se déplacer et ses souffrances, il considéra Swann, dès le premier jour, comme une personne à part entière, avec simplement des contraintes quotidiennes à respecter, afin de préserver son harmonie corporelle et psychologique Baptisé « coach privé » par les parents, Matthew fit office de grand frère pour Swann, et de personne de confiance pour les Tompkins. Mal à l'aise, il faillit révéler son passé plus d'une fois.

A chaque tentation, il évaluait le risque de perdre les seules personnes qui lui manifestaient de l'amitié, envers qui il éprouvait des sentiments et il renonçait. En dehors de la famille, Matthew ne voyait personne, ni copain, ni petite amie. L'essentiel de sa vie se résumait entre le « 15, Victoria road » à Southsea où il résidait chez sa logeuse et le « 94, Southwood road » à Hayling Island, propriété de ses employeurs – 20 minutes de trajet par l'autoroute les jours de circulation fluide – ce qui était assez rare sur la M27, malheureusement...

— Ours mal léché un jour, ours mal léché toujours, le taquinait Blanche quand il s'enfermait des heures durant au milieu de ses bouquins d'étude. Passé la porte de « JAS House », baptisée ainsi par l'association des initiales de ses occupants, il devenait Matt, et cela suffisait à son bien-être.

*

La dramaturgie des derniers jours a rapproché davantage encore les trois survivants de la maison. Rosie, qui a retrouvé avec facilité son rôle de nounou, est aux petits soins envers son « Baby Swann » et pour sa part, il se doit de préserver ses fonctions physiques et psychologiques. Il a promis à Andrew qu'il ne « *laisserait jamais tomber la petite* ». Il veille sur elle depuis huit ans et cela n'était pas près de s'arrêter.

— Allez viens, on va dans l'eau, dit-il doucement en lui touchant simplement l'épaule.

Swann bloque le frein de son fauteuil, attrape ses deux béquilles et s'extirpe docilement du siège en grimaçant.

— Tu as de la chance aujourd'hui, je joue les héros, je te porte. Et ne me dis pas que l'eau est froide. Elle est à 77°F[11], ajoute-t-il en soulevant la jeune fille dans ses bras. Ma parole, mais tu as encore maigri ! Tu sais que tes muscles ne doivent pas fondre Swanny. Heureusement, Super Matt est là pour remédier à tout ça. Aujourd'hui on danse sur « *Your song* ».

La voix d'Elton John fait des miracles. La jeune femme sourit et accède à tout ce que lui demande son entraîneur. Une fois dans l'eau, la douleur s'estompe et les chorégraphies s'enchaînent. Elle les maîtrise sur le bout des doigts. Le ballet de leurs bras et de leurs jambes se décline en parfaite harmonie. Le chanteur anglais est son idole depuis toujours. Une fois de plus, Matthew a visé juste.

A la fin de la chanson succède « *Sacrifice* » mais lorsque l'introduction de « *Candle in the*

---

[11] 25°C

wind » démarre, Le coach comprend que ce titre en l'honneur de la princesse Diana ravivera la peine de sa protégée et habilement, il suggère une suspension de séance.

— Il ne s'agit pas non plus d'outrepasser tes forces, jeune fille. Cela suffit pour aujourd'hui, décrète-t-il en l'aidant à sortir de la piscine et en lui tendant son peignoir de bain.

Pendant qu'elle se frotte vigoureusement les cheveux, Rosie les rejoint.

— Swann, deux personnes souhaitent te parler, un homme et une femme.

— Que me veulent-ils ? Je ne veux voir personne, réplique la jeune fille, agacée.

— Je le sais Chérie, j'ai bien tenté de les éconduire, mais ils viennent spécialement de France pour te voir.

Un coup de poignard lui transperce le cœur en comprenant l'identité de la visiteuse. Elle ne pourra pas y échapper. Le moment est venu de la rencontrer.

Matthew s'aperçoit du trouble de sa protégée, elle parait de nouveau déstabilisée :

— Veux-tu que je leur demande de ficher le camp ? dit-il.

Elle soupire en s'asseyant dans son fauteuil, les jambes soudainement privées de force.

— Non, je te remercie, mais je suppose qu'à un moment donné, il faut affronter la réalité quand celle-ci vous rattrape. Fais-les entrer, Rosie.

— Je te laisse avec tes visiteurs si tu le souhaites, Swann, propose Matthew.

— Surtout pas ! Reste près de moi Matt, j'ai si peur...

— Peur de quoi, de qui ? s'inquiète-t-il devant les pupilles dilatées par l'angoisse.

— J'ai peur de rencontrer ma sœur.

SAMUELLE

94, Southwood road, 12h.

Je me trouve devant la maison dans laquelle mon père a vécu pendant vingt-cinq ans avec une famille parallèle. J'ai du mal à y croire. Pourtant rien n'est plus concret que l'étiquette adhésive, dorée et usée par les années et les intempéries, sur la boîte à lettres rouge : *Jane, Swann & Andrew Tompkins, Welcome at home* [12]! D'un clignement d'yeux, je chasse l'image d'une enfant en train de coller en riant, des stickers pour une fête d'anniversaire. « *Swann's birthday.*[13] »

C'est une très belle bâtisse de style victorien, comme il en existe d'innombrables en Angleterre, une robuste habitation bourgeoise en briques apparentes. Les « *Bow Windows* » [14] peintes de couleur blanche et la porte en rouge vif apportent du modernisme à l'ensemble de la façade, séparée de la rue par un muret peint en blanc lui aussi. Le solide

---

[12] Bienvenue à la maison !
[13] L'anniversaire de Swann.
[14] Fenêtre arquée en saillie.

portail en fer forgé noir ouvre sur un mètre carré de pelouse où quelques parterres de jonquilles, symbolisent l'accueil des visiteurs.

Nous avons garé notre véhicule de location sur une des places de parking dessinées au sol, en regard du 94, Southwood road. Étienne a craqué pour un cabriolet *New Beetle* ivoire verni et pendant une bonne partie du trajet, il a fait l'apologie de Volkswagen.

— Ah les voitures allemandes... Puissance et robustesse. As-tu remarqué cette ligne et la délicatesse de la teinte de la carrosserie ?

Délicat, c'est lui qui l'est, une vraie nana ! Les voitures ne m'ont jamais intéressée et personnellement je trouve l'assise des fauteuils de cuir, un peu raide. Mais je ne l'ai surtout pas contrarié, au risque de rempiler sur un monologue d'une heure sur « *la chance de rouler en décapotable* ». Quand il fait beau, certainement... J'appréciais cependant les efforts de mon ami pour entretenir une conversation agréable. Il sentait que j'étais tendue comme un arc, à l'idée de l'épreuve qui m'attendait.

C'est le moment d'affronter la réalité. Pas question de reculer, même si l'angoisse me mord le cœur. Ma langue a absorbé toute ma salive et mes ongles impriment ma nervosité dans le creux de mes paumes. Mais je suis plutôt du genre à terminer ce que j'ai entrepris, même si cela me conduit parfois dans la gueule du loup. Ma courte histoire avec Rodolphe en est le témoignage. Une phrase de Nelson Mandela, que Papa citait régulièrement, me revient à l'esprit : « *Cela semble toujours impossible, jusqu'à ce qu'on le fasse.* » Merci Monsieur le Président, OK, je vous suis. Une profonde inspiration, écarter les doigts, relâcher les épaules, regarder tout droit. C'est parti.

Je moleste la porte de trois coups de heurtoir énergiques et devant l'absence de réponse, actionne la sonnette située à droite du chambranle. Au bout de quelques secondes, la porte s'ouvre sur une dame à la peau parcheminée. Elle ressemble à un bonbon : une robe rose pâle agrémentée d'un col fleuri, une coiffure ramassant ses boucles blanches en chignon souple sur le sommet de sa tête, un tablier de dentelle. Elle sourit et je me fais la réflexion que même son sourire est sucré.

— Vous désirez ? commence-t-elle, la bouche en cœur.

— Voir Miss Tompkins, réponds-je d'un ton péremptoire. Le pincement sur mon bras m'arrache une grimace.

— Si elle est présente et si cela ne la dérange pas, ajoutai-je en modulant ma voix, façon rossignol.

— Je vous prie d'attendre ici, je vais voir si elle peut vous recevoir, déclare l'employée en effectuant un demi-tour des plus gracieux.

Étienne me glisse à l'oreille : « Alice au pays des merveilles, j'adore l'Angleterre et les Anglais ». Les voitures allemandes, les gouvernantes anglaises, et pourquoi pas les toreros pendant qu'il y est ? Rien ne m'étonnera plus jamais de la part de ce garçon. Sa fantaisie naturelle est une des multiples raisons qui le rendent indispensable à mes yeux.

A son retour, le sourire-bonbon semble un peu plus acidulé et sa propriétaire nous enjoint de la suivre d'un bref mouvement de tête. Un corridor sépare l'entrée d'une grande baie vitrée que nous franchissons l'un après l'autre. Le scintillement du soleil sur l'eau d'une grande piscine, posée au beau milieu d'un parc de verdure me fait cligner des yeux et je marque une seconde d'hésitation.

J'entends le « Vas-y, avance, petit scarabée » d'Étienne en même temps qu'il me pince encore, cette fois-ci les fesses.

Un pas en avant suffit pour diminuer mon éblouissement et j'embrasse la scène.

A deux mètres, un grand type, la quarantaine, les cheveux bruns hirsutes, l'air farouche, semblant prêt à en découdre avec la terre entière et le dos d'un fauteuil roulant occupé par un enfant probablement. Sa tête blonde dépasse à peine du dossier noir. Sans amorcer le moindre geste accueillant, l'homme demande :

— Que faites-vous ici et que voulez-vous ?

Je suis à fleur de peau depuis plusieurs jours. L'attitude rébarbative de ce type ne fait qu'aggraver mon état. Je réplique sèchement :

— Je suis venue voir une personne qui n'est pas vous, Monsieur, je n'ai donc rien à vous dire.

Un troisième pinçon martyrise mon postérieur mais j'ignore le geste de remontrance. Ma parole, ce type est un maniaque des punitions corporelles... J'avance d'un autre pas vers le bassin, avec la ferme intention de ne pas me laisser dicter ma conduite par un malotru aux bras musclés. L'image fugace de mon père stoppe mon élan : « *Chérie, tu es ingérable...* » articule-t-il très nettement. Je commence à m'habituer à le voir apparaitre à des instants cruciaux de ma vie. Comme s'il participait de là où il était. Je réplique mentalement : « Coalition masculine, si vous croyez que vous allez m'influencer Étienne et toi... »

— Laisse Matt, c'est moi qu'elle demande.

La chaise roulante opère une rotation de 180° et je prends le regard profond de son occupante en pleine figure. Il s'agit d'une jeune femme dont le corps est suffisamment frêle pour m'avoir induite en erreur. Je ne peux me détacher du mince visage auréolé d'une masse de cheveux blonds et humides. Elle est extrêmement jolie et toute pâle dans son grand fauteuil. Pourtant elle se tient très droite et dégage à la fois une douce fragilité et la force déterminée des combattants pour la vie.

Tétanisée. Ses yeux sont de la même couleur que lui, que moi. Je n'étais donc pas sa seule « noisette », Cette révélation me vrille le ventre. « *Ne complique pas tout, Sam chérie* », me souffle l'image avant de s'envoler en fumée.

— Bonjour Samuelle, dit ma sœur calmement. Sa main lâche l'accoudoir et elle tend le bras dans ma direction. Bienvenue chez notre père.

Je comprends parfaitement tout ce qu'elle dit. A la maison, nous conversions en permanence dans les deux langues : en français avec Maman et en anglais avec Papa. Mes amies en bavaient d'admiration mais cela me paraissait naturel. Quand il m'arrivait de déraper, principalement durant la période conflictuelle de l'adolescence, il me rappelait ma chance d'avoir des origines cosmopolites.

Aucun mot ne sort de ma bouche. Je n'esquisse pas le moindre geste vis-à-vis de la main tendue. Une statue paraîtrait plus vivante. Je sens bien que je devrais dire un « Bonjour Swann, comment vas-tu ? » mais je suis pétrifiée devant cette fille assise dont les yeux sont si semblables aux miens. Si je doutais encore de la vérité, j'en ai maintenant la preuve vivante.

Mon fidèle chevalier a posé sa main chaude entre mes épaules. Sa légère pression m'indique que je dois rompre ce silence pesant avant que la jeune femme se ravise et nous tourne le dos. Tout le monde a suspendu sa respiration et on n'a jamais aussi bien entendu, j'en suis sûre, le bruissement du vent frais dans les arbres du jardin.

Je tends à mon tour un bras qui pèse une tonne, en me penchant légèrement en avant et prononce doucement :

— Bonjour Swann.

Au-dessus de la tête de ma sœur, juste entre le ciel et la surface de l'eau, flotte le visage heureux d'Andrew Tompkins, père double.

ÉTIENNE

Au même endroit, à la même heure.

L'atmosphère est lourde indubitablement, mais le geste conciliant de Samuelle l'allège de façon conséquente. Étienne a craint un instant qu'elle ne parvienne pas à prendre sur elle et fasse demi-tour. Ils ont frôlé une autre possibilité qui aurait tout fichu en l'air : celle que la jeune femme monte sur ses grands chevaux vis à vis de sa demi-sœur. Heureusement, elle a choisi la raison. Rien n'est gagné mais l'horizon s'éclaircit.

— Je te connais tellement bien Mademoiselle Tompkins, pense-t-il. Certainement mieux que tu ne l'imagines.

Samuelle est ainsi : épidermique, fonceuse, déterminée, et elle part en vrille au quart de tour. Le terme « déroutante » lui convient également, de par son aptitude à prendre le contre-pied et à redresser la barre dans les minutes suivant une crise. Un arc en ciel après l'orage, le calme derrière la tempête, à la différence près qu'en ce qui concerne cette boule de nerfs, la durée de l'accalmie est souvent aléatoire Étienne prie pour qu'elle se prolonge suffisamment afin de leur permettre de s'implanter au moins deux ou trois jours dans cet endroit. Les sœurs doivent absolument faire connaissance et s'apprivoiser. C'est indispensable. Et avec un peu de chance, elles s'apprécieront.

Il est subjugué par Swann. Il la trouve fascinante dans sa robe azurée, légèrement flottante. Ses cheveux humides, d'une blondeur sauvage, confèrent à son visage l'allure d'une lionne. A l'opposé, l'ensemble de son corps exprime la douceur et la finesse, de son cou gracile jusqu'au bout de ses doigts. Il détecte d'instinct sa fibre artistique. Elle porte en elle la grâce, sa lumière irradie et il n'y a qu'à observer comment l'homme à ses côtés – son garde du corps, son ami ? Pas son fiancé, se surprend-il à espérer – et la domestique, se mobilisent en rempart devant d'elle, pour comprendre l'affection qu'ils lui portent.

Cette fille est solaire tout simplement. Elle est en train d'amadouer Samuelle – un véritable tour de force en si peu de temps – et il se sent lui-même sous le charme de cette beauté émouvante. Elle lui fait penser à un rayon de soleil dans un coin de ciel bleu.

— Ça se complique, se dit-il Ce n'est pas le moment d'éprouver un coup de foudre. D'ailleurs, il est officiellement gay et un homosexuel ne vire pas sa cuti en deux temps trois mouvements. Il est essentiel que la famille se retrouve. En l'occurrence, en cet l'instant, des mains anglo-saxonnes et françaises se touchent, fugacement certes, mais cela augure une ouverture. Il se décale sur la gauche et s'avance vers le fauteuil :

— Étienne Saint-Hilaire, enchanté de faire votre connaissance, se présente-t-il en se penchant vers son occupante et en esquissant un baisemain.

— Ah la France... sourit Swann en utilisant sa langue maternelle, puis en anglais :

— Rosie, peux-tu nous servir des boissons et quelques sandwichs s'il te plaît ? Thé, café, jus de fruits ? propose la jeune femme à la cantonade

— Rosie... Évidemment ! quel autre prénom possible ? se dit-il en son for intérieur.

Les Français demandent du café et pour les Anglais, c'est toujours l'heure du thé. Étienne continue son travail d'approche en tendant la main à Matthew :

— Nice to meet you Mr... ?

Il regrette aussitôt son geste. « Musclor » lui broie la main en guise de réponse. Il a beau se persuader que la barrière de la langue y est pour beaucoup et que chaque chevalier protège sa dame en cherchant à marquer son territoire, c'est limite désagréable.

— Passage obligé, soupire-t-il en arborant un grand sourire.

Swann, consciente de la joute silencieuse, reprend la parole :

— Je vous présente mon ami Matthew Anker et voici Rosie Jones. Ils prennent soin de moi depuis toujours et davantage encore maintenant que papa et maman sont morts.

L'ange d'Andrew déploie ses ailes au-dessus de la propriété, sans que personne ne pense à lever la tête. Quelques minutes plus tard, Rosie installe sur la table de jardin, un grand plateau – rose bien sûr – sur lequel sont disposées de jolies tasses au motif liberty. Si l'on ajoute la théière, le pot à lait assortis et une assiette garnie de cupcakes de toutes les couleurs, aucun doute nous sommes bien en Angleterre, se dit le Français, admiratif de tant de respect de la tradition.

Les premiers instants sont assez pesants, chacun ne sachant comment entamer une conversation anodine. C'est encore Étienne qui, dans un anglais scolaire s'extasie sur la propriété face à la mer.

— It must be great to live in front of a bitch, isn't it ? lance-t-il fièrement à la vieille dame pour entamer la discussion.

Rosie lâche sa tasse, Matthew s'étrangle avec son gâteau, mais la réaction des sœurs est la plus saisissante. Elles éclatent ensemble d'un rire aussi bruyant que joyeux, bientôt rejointes par Matthew qui vient de comprendre l'erreur de vocabulaire du Frenchie. Quant à Rosie, elle ramasse, l'air offusqué, la porcelaine brisée de la grande aïeule Tompkins, qui se retourne à coup sûr dans sa tombe.

— J'ai dit quelque chose qu'il ne fallait pas, devine Étienne, devant le fou-rire quasi général. Expliquez-moi au moins !

— Tu es incorrigible ! s'esclaffe Samuelle entre deux coassements. Tu viens juste de dire à Madame qu'il devait être très agréable de vivre en face d'une salope ! Beach c'est la plage, Bitch une salope ou une putain. Tu imagines ?

Étienne a le choix entre deux attitudes :
1 - Mourir de honte mais il n'en a pas la moindre envie, il y a bien assez de morts autour d'eux.
2 - Se vexer de la moquerie de ses voisins, mais il ne connaît pas la susceptibilité.

Il opte pour une troisième solution afin de se tirer de ce mauvais pas et met un genou à terre devant Rosie en se frappant le cœur trois fois :

— Sorry Madame, it was un mi-steak.

Si Matthew ne comprend pas le jeu de mots, l'hilarité féminine repart de plus belle, menaçant de se terminer en crise de larmes.

— Erreur se traduit Mistake pas mi-steak ! Nous ne sommes pas dans une boucherie, hoquette Samuelle.

— Rappelle-moi ton nom, renchérit Swann en français, Saint Hilare c'est ça ? Pas étonnant que tu sois si drôle.

— D'accord Mesdemoiselles, je ne dis plus rien, mais sachez que je suis très fier d'avoir provoqué ce tsunami. J'ai aussi le plaisir de vous signaler que vous avez non seulement les yeux d'une couleur identique toutes les deux, mais aussi exactement le même rire : celui de votre père.

Et devant l'air béat de ses interlocutrices, il ajoute avec un clin d'œil espiègle :

— Et je ne suis pas sûr que ce soit votre meilleur atout, jeunes filles...

La glace est brisée et des échanges aimables s'engagent. Il est question de la douceur du climat en bord de mer, de la magnifique île de Wight qu'on aperçoit juste en face et qui fait rêver tous les amateurs de musique. Chaque année en juin, le festival historique réunit cinquante mille personnes autour de groupes mythiques et depuis dix ans, Swann n'en a jamais manqué un seul.

Il est évident qu'elle adore la musique. A sa seule évocation, la lumière éclaire sa frimousse et son débit de parole s'accélère. Elle irradie et capte toute l'attention sans s'en rendre compte.

Tous les sujets du quotidiens abordés, un nouveau silence s'instaure, aussitôt exploité par l'habile Étienne qui s'engouffre dans la brèche. Il était temps que les sœurs en sachent plus l'une sur l'autre.

— Samuelle, si tu parlais de ton métier à Swann ? Il est l'heure de vous découvrir, vous ne croyez pas ?

Samuelle s'est peu exprimée depuis le début. Mis à part l'amusement qui les a réunies, elle reste sur la défensive envers sa cadette charismatique, à la santé fragile, qui réussit l'exploit de fédérer autour d'elle des personnalités très différentes.

D'un timbre voilé, elle parle de ses études de journalisme, de sa vie dans la capitale, de ses cours d'escrime où elle a rencontré Étienne et du quartier Montmartre où elle réside. Lorsqu'elle aborde son métier, elle détecte de l'étonnement dans les yeux de Swann.

— Tu es spécialisée dans l'art, cela signifie que tu interviewes des sculpteurs, des peintres ? Je lis des magazines spécialisés, pourtant je n'ai jamais lu ton nom.

— Je signe Sam T, cela me permet de ne pas être choisie pour ma féminité. Je dois bientôt assister au vernissage à Londres d'une petite merveille de la peinture, Drajna Ween.

— Tu l'as déjà rencontrée ?

— Jamais, cependant j'apprécie beaucoup ses premières œuvres, du réalisme à l'état pur. A ton tour maintenant, puis-je te demander la raison de ton handicap ?

Swann se raconte. Elle décrit sa maladie chronique avec simplicité. Elle se sent submergée actuellement mais d'ordinaire, elle parvient à la dompter, grâce aux bons soins de Matt. Elle occupe son temps entre la danse chorégraphique en piscine, le piano depuis son enfance et un atelier aménagé par son père.

— « Notre » père, corrige Samuelle.

Étienne touche le bras de Matthew qui sursaute avant de comprendre le signal. C'est le moment de laisser les deux sœurs aborder des sujets intimes.

Il se lève et propose à son visiteur une balade dans la propriété.

— Tu vas admirer un jardin anglais bien entretenu. Sam, ne fatigue pas Swann, elle ne doit pas éprouver trop d'émotions, ajoute-t-il d'un air sombre.

— Tu me prends pour une tortionnaire ? s'insurge la visiteuse. Je pense que ta protégée est assez grande pour déterminer ses limites et aussi respirer un peu sans toi.

— Elle va détruire tous nos efforts, l'imbécile, s'agace Étienne.

— Laisse Matt, Sam adore l'eau, elle est la spécialiste des pavés dans la mare. « Splash » mime-t-il pour illustrer l'expression française.

Matthew manque de répondre vertement mais croise le regard apaisant de Swann. Étienne note son effort de contrôle, l'œil noir jeté à Samuelle, avant de s'éloigner, puis soulagé, il imprime ses pas dans ceux du coach.

SAMUELLE

Jardin de JAS House, 12h30.

— Ne t'inquiète pas, il est protecteur, c'est normal. Papa et Maman l'ont engagé pour cela et il leur a promis d'être toujours là. Depuis leur disparition, il me tient debout, si j'ose dire, sourit Swann.

Elle sent ma tension nerveuse et devine que cette situation me perturbe.

— Tu sais, dans un sens je suis contente d'avoir une grande sœur, même si elle est tombée du ciel au début du mois. Quand Maman m'a avertie, elle était si désabusée qu'elle ne m'a fourni aucun détail. Elle a juste précisé que son union était illégale puisque Papa avait eu la mauvaise idée de devenir bigame et que dans cette supercherie, nous étions le maillon faible.

Je ne veux pas minimiser la peine ressentie mais je ne peux m'empêcher de renchérir :

— En t'informant, elle avait répété en quelque sorte. En ce qui me concerne, j'ai eu droit à la générale... Elle a imaginé un subterfuge pour m'annoncer la bonne nouvelle et m'a eue par surprise.

Devant l'air contrarié de Swann, j'ajoute :

— En même temps, je reconnais que c'était la meilleure façon pour m'empêcher de partir en courant.

Il me semble nécessaire de relater mon entrevue avec Jeanne, bien que je sache que cela lui fera du mal. Je suis là pour en apprendre davantage sur la face cachée de l'iceberg Tompkins et découvrir qui lui en voulait, au point d'attenter à ses jours. Cette fille a l'air sympathique, et en d'autres circonstances nous pourrions être amies. Nous avons en commun un père qui a laissé des traces dans nos existences respectives et quelles que soient les douleurs à venir, unir nos souvenirs nous aidera à comprendre la vérité, si dérangeante soit-elle.

Forte de cette certitude, je raconte à Swann les derniers moments de la vie de sa mère : Notre rencontre à Paris, son malaise sur les marches, le choc des révélations dans le café de Montmartre, la remise de l'enveloppe et de l'adresse à Portsmouth. Avec la plus grande douceur je termine par :

— Je suis la dernière à lui avoir parlé, elle a été renversée en sortant du bistrot.

Les larmes dévalent les joues pâles de Swann. Jusque-là, elle n'avait obtenu aucune précision concernant cette funeste journée.

— J'ai perdu mes deux parents en quinze jours. ! Quel coup du destin horrible !

Il faut en finir, elle n'a pas l'air de savoir que ce n'est probablement pas un accident. Je lui assène mon dernier scud. Après nous serons sur la même longueur d'ondes et nous pourrons avancer.

— Swann, je crois que ta mère n'a pas été victime d'un simple chauffard. J'ai l'intime conviction qu'on lui a foncé dessus de façon délibérée et ce quelqu'un a aussi fait sortir de la route la voiture dans laquelle se trouvait notre père et ma mère.

— Mais tu es complètement folle ! s'écrie-t- elle, totalement bouleversée. Tu insinues que ma famille a été assassinée. Te rends-tu compte ?

— J'en suis parfaitement consciente, ma chère. Pourquoi crois-tu que je sois ici ? Certainement pas pour copiner avec une sœur qui m'a toujours été refusée auparavant et qui m'a pris la moitié de mon père. Il était à moi tout entier ! Jamais tu n'aurais dû exister ! Toi et ta génitrice vous nous avez volées !

Je dis n'importe quoi. Si Étienne était là, il y a longtemps qu'il m'aurait fait ravaler mes paroles violentes et renvoyé dans mes buts en soulignant que l'amour d'un parent n'est pas divisible et qu'il s'applique à cent pour cent à chacun de ses enfants.

La colère me pousse à prononcer des phrases blessantes, comme si elles avaient le pouvoir de diminuer mon propre chagrin. Je suis injuste, je le sais, Swann n'est aucunement responsable de cette situation et dans l'histoire, elle a perdu beaucoup plus que moi : la vie de ses proches et son statut de fille légitime.

Elle encaisse mes reproches en s'enfonçant un peu plus dans son fauteuil. Il est clair qu'elle est dévastée. En un quart d'heure, sa sœur dont, selon ses dires, elle se réjouissait de faire la connaissance, rajoute deux meurtres à son fardeau de souffrances.

Un élan me porte vers cette jeune femme aux allures d'adolescente qui prend coup sur coup en s'enroulant sur sa peine. De quel droit lui fais-je porter le poids de la mienne en supplément ? Ne subit-elle pas suffisamment depuis son enfance avec sa maladie ?

Je la prends dans mes bras et prononce des mots dont je ne me serais jamais crue capable :

— Pardonne-moi Swann. Je ne peux même pas prétexter que les mots ont dépassé ma pensée. Ce serait mentir. Je t'ai fait du mal sciemment parce que je souffrais moi aussi. J'ai cru que le supplice serait moindre si je le divisais avec celle qui avait partagé l'amour de mon père. Quelle connerie ! Excuse-moi de t'avoir donné le rôle de bouc émissaire.

Elle répond d'une toute petite voix :

— Il y a bien longtemps que j'ai compris que la douleur ne se partage pas. Elle est en nous et nous devons vivre en sa présence. Une fois reconnue et acceptée, nous pouvons œuvrer pour mieux la supporter. A partir de ce moment, elle perd du pouvoir. Matt m'a appris tout cela. L'Amour, lui, se multiplie. Je ne suis pas jalouse de celui que Papa t'a donné car je sais qu'il m'en a donné tout autant.

A mon tour d'être émue. Tant de sagesse dans une si jeune personne me donne le recul nécessaire pour comprendre que ni elle ni moi ne sommes responsables des choix de notre père. Ses sentiments pour nos mères l'ont entraîné vers des existences parallèles et la pérennité de cette double vie prouve la sincérité de ses sentiments de part et d'autre. J'exprime ma pensée :

— Tu as raison Swann. En quoi l'amour est-il répréhensible ? Je te demande encore de m'excuser. Moi aussi, je suis heureuse de te connaître et je pense que l'heure de la reconstruction commence. Si tu le veux bien, nous renaîtrons ensemble, comme deux vraies sœurs. Nous avons accumulé du retard mais nous mettrons les bouchées doubles, apprendrons et partagerons nos souvenirs. Je te promets de faire de mon mieux pour que tu n'entendes pas grincer mes dents quad tu me parleras de ta vie avec Papa.

Les doigts de Swann s'accrochent aux miens. Ils sont encore humides des larmes versées. Elle continue de renifler sans dire un mot mais je prends son silence pour un assentiment Elle se penche et embrasse ma main. Ce geste m'émeut intensément et mes yeux se mouillent aussi. Nous restons silencieuses dans les bras l'une de l'autre, appréciant l'instant de communion.

C'est ainsi que nous trouvent les garçons à la fin de leur visite, les mains nouées, les joues ravagées par des rigoles de mascara et en pleine conversation. Étienne a l'air satisfait de la tournure prise par les événements et quelque chose me dit qu'il a tout orchestré.

— Hé, les petits clowns ! Vous vous êtes encore payés un fou-rire on dirait. Et devant nos gestes pour effacer les traces noires de nos visages, il ajoute en riant :

— Ah non les filles, surtout ne changez rien ! Vous êtes magnifiques en frangines retrouvées.

Même Matthew sourit. En levant les yeux, je croise son regard adouci.

Ce type est canon et a un corps d'athlète. Il paraît bien plus âgé que nous tous, mais il pourrait damner le pion à bon nombre de freluquets plus jeunes, à commencer par Rodolphe, le roi de l'esbroufe. Cet homme est un autre mystère découvrir. Énigmatique autant qu'attirant.

SWANN

Jardin de JAS House, 13h.

Swann est entre « les trente sixièmes dessous », comme disait souvent sa mère quand sa fille sombrait dans les limbes du désespoir et le « Cloud Nine »,[15] locution qu'utilisait son père lorsqu'elle était si excitée que son état frôlait les étoiles. Le désordre a pris ses quartiers dans sa tête et son corps, mais lorsqu'Étienne a prononcé l'expression « Les frangines retrouvées » elle a compris que sa famille n'était pas éteinte.

Une sœur, et pas des moindres, une aînée, française, journaliste spécialisée en art pictural, mais surtout une femme étonnante chez qui elle a décelé une gentillesse infinie, dissimulée sous la méfiance. Elle a le caractère entier et impulsif de leur père, ses yeux également et cela lui fait un bien fou de retrouver le regard aimé. En version féminine, bordés de longs cils recourbés et d'un trait affirmé

---

[15] Etre aux anges

d'eye-liner noir, ils sont magnifiques, mis en valeur par une épaisse frange brune au ras des sourcils. Elle ne manque pas d'allure, physiquement et psychologiquement, et il est clair que Matthew n'est pas indifférent à son charme atypique. Sous couvert d'un comportement hostile, elle a détecté l'intérêt dans son attitude. Il faut dire qu'à part elle, vingt-six ans et Rosie, soixante-dix ans, le quadragénaire côtoie peu la gent féminine. Elle sait peu de choses sur lui, en dehors du fait qu'il est l'homme le plus fiable, le plus à l'écoute et le plus fraternel qui soit. Ils iront bien ensemble ces deux-là, une fois que leurs étincelles, fusant de toutes parts, se seront disciplinées.

Après l'épisode émotionnel, les jeunes gens bavardent de choses et d'autres La discussion surfe sur le sport, un sujet classique que tous les quatre apprécient et pratiquent dans diverses disciplines. Samuelle raconte son jogging quotidien, même en cas d'intempéries. C'est devenu un besoin. Matthew éprouve cette nécessité de s'abrutir pour lâcher prise. Il a remplacé l'accoutumance aux drogues par celle du sport à outrance. Course à pied lui aussi, en entretien, mais surtout la natation. Dès la fin de ses exercices avec sa protégée, il enchaîne des longueurs pendant deux heures : un aller sur l'eau un retour sous l'eau.

Retenir sa respiration est une sorte de challenge, un dépassement de soi avec l'objectif de tenir à chaque fois plus longtemps. Cela nécessite un mental de combattant afin de dépasser ses limites. Lutter, se battre, résister. Bien sûr, il n'évoque pas son passé trouble et insiste plutôt sur sa démarche de maintien en forme afin de préserver son corps. La moue de Samuelle est significative ; Matt est à son goût, incontestablement.

Étienne, quant à lui, relate sa pratique de l'escrime depuis plusieurs années, les compétitions, l'élégance des mouvements et le plaisir de la stratégie.

— On dirait d'Artagnan ! s'exclame Swann en riant. Papa me racontait ses aventures quand j'étais petite.

Un ange passe, laisse tomber une plume sur la conversation, puis le Français relance la dynamique en interrogeant la jeune fille sur ses loisirs en dehors des chorégraphies aquatiques.

— Je pratique le piano depuis que je suis enfant et je peins.

Samuelle reste bouche bée :

— C'est une coïncidence incroyable ! J'ai moi-même fait des études de peinture avant de me rendre compte que je n'étais ni assez douée, ni suffisamment motivée pour en faire mon métier. Nous sommes donc une famille d'artistes. Sais-tu que je viens d'apprendre que papa était un excellent peintre avant d'arrêter à ma naissance ? En avais-tu été informée ?

C'est au tour de Swann de rester interdite devant les propos de sa sœur.

— Avant d'arrêter ? Mais il n'a jamais arrêté de peindre. Je l'ai toujours vu un pinceau à la main et nous avions un grand atelier en commun. Tu veux le voir ?

Le silence est profond, comme une longue apnée pré-mortem durant laquelle on s'accroche à l'inspiration salvatrice qui signifiera que tout va bien.

La jeune Française semble foudroyée, la main suspendue en son dernier geste. Elle arbore l'air inexpressif d'un mime, même teint blafard, prunelles vides identiques.

— Petit scarabée, chuchote Étienne, le seul apte à la ramener en douceur vers la réalité.

Elle tourne la tête en direction de la voix amie. Son sourire figé se transforme en un vilain rictus précurseur de l'explosion inévitable.

— Alors là, c'est le bouquet ! Sa vie n'était donc qu'un tissu de mensonges. ? Il était soi-disant un homme d'affaires en import-export bon chic bon genre en France, toujours parti par monts et par vaux. « *Ton papa a beaucoup de travail, il voyage énormément* » mime-t-elle en prenant la voix modulée de sa mère.

Elle ne peut plus contenir sa colère.

— Ma pauvre maman, reprend-t-elle avec cynisme, étais-tu naïve ! Ton mari vivait la moitié du temps dans sa deuxième famille, il rentrait à cinq heures du soir à la maison, buvait du thé Earl Grey et peignait des aquarelles pour son bébé chéri. Quel Andrew Tompkins habitait ici ? lance-t-elle agressivement : un bon Anglais qui se libérait des convenances, un époux modèle qui s'épanouissait harmonieusement, ou bien un artiste qui partageait son art avec sa pauvre petite fille handicapée ? Qu'avions-nous de moins en France pour que sa vie soit si différente ici ?

Étienne l'arrête net sur sa lancée. Impossible de savoir jusqu'où elle est capable d'aller quand elle monte dans les tours et celle-ci l'envoie tout droit au dernier étage. Facteur aggravant, elle est si choquée qu'elle ne se contrôle plus.

— Ça suffit maintenant, stop ! ! Ta sœur n'est coupable de rien, alors respecte-la, je te prie ! Je ne sais pas qui était réellement Andrew. Il semble qu'il avait construit deux univers totalement différents et complémentaires au sein desquels il s'accomplissait. Il était épanoui et ne me dis pas le contraire, il t'a toujours choyée, rendue heureuse de la même façon qu'il a comblé Swann. Il est certain qu'il vous a menti sur de nombreux points, mais en ce qui concerne votre relation, l'une comme l'autre n'avez jamais été privées de quoi que ce soit, puisque vous n'aviez pas connaissance de sa double vie. Ne penses-tu pas qu'il y a péremption et que lui en vouloir est caduc ? Vous découvrirez des choses sur lui, des bonnes et des mauvaises probablement. Par pitié, ne pollue pas ton esprit avec des ressentiments ou une jalousie de bas étage.

Il poursuit sa tirade, profitant que son amie est groggy :

— Chérie, tu as une raison bien précise d'être ici, savoir si ton père a été assassiné, pourquoi et par qui. Le seul moyen d'y parvenir est d'unir vos forces, d'évoquer vos souvenirs, de dénicher des indices ensemble. Ils vous emmèneront peut-être vers la vérité. Et si vous acceptez notre aide, Matt et moi vous apporterons le recul nécessaire et un peu de clairvoyance.

Swann est impressionnée par la capacité d'analyse du Français. Elle avance son fauteuil et tente un :

— Sam...

Samuelle reste un instant les yeux dans le vague, l'esprit suspendu entre deux mondes.

Puis les mots d'Étienne parcourent le dénivelé jusqu'aux hautes sphères de la colère. Ils prônent l'apaisement, mais elle ne se sent pas en paix. Ils parlent d'union, mais elle se sent si seule. Ils expriment la force, mais elle se sent si fatiguée.

Une main sur son front pâle, elle soupire :

— Fiche-moi la paix, j'ai besoin d'air, en se dirigeant vers le fond de la propriété.

MATTHEW

Plage de Hayling, 14h.

Étienne s'est exprimé dans sa langue et Matthew n'a pas saisi un traitre mot des échanges. Il a simplement compris qu'un nouvel événement a bouleversé Samuelle au point qu'elle s'est mise dans une colère noire.

Cette femme a du tempérament, elle lui plaît. Depuis Blanche, il n'a rencontré que des conquêtes passagères dont il se rappelle à peine les prénoms. Elles lui ont permis de conserver un équilibre et d'assouvir régulièrement sa sexualité. Samuelle ravive sa masculinité dans son intégralité. Dès qu'il l'a aperçue, il a été ému par son allure d'amazone et la profondeur de son regard. Elle remue en lui des éléments enfouis et Bon Dieu, ça fait du bien de retrouver des sensations...

Elle s'est enfuie dans le fond du parc et pendant qu'Étienne pousse le fauteuil et son occupante vers la maison, il se trouve seul devant la piscine. D'ordinaire, il se mettrait en maillot et entamerait ses longueurs de bassin, mais il éprouve la nécessité de suivre la jeune Française. Il ne la connaît pas, pourtant il sent qu'elle a besoin de lui.

Le portillon d'accès à la plage est ouvert. La disposition de la bâtisse ancienne, adossée à la mer est exceptionnelle. Elle a jadis appartenu à une vieille famille de la presqu'île et ses derniers occupants l'ont quittée avec tristesse pour une maison de retraite, non loin d'ici. Très inspirés, les constructeurs ont inversé la fonctionnalité des étages, disposant les chambres en bas et les pièces de vie, cuisine et vaste living room, à l'étage, offrant ainsi une vue magnifique sur la Manche, bordée de son immense étendue de galets. Les Tompkins étaient heureux ici.

Avant que leurs visiteurs n'entrent, Swann a eu le temps de l'informer de la double vie de son père et de la présence de sa demi-sœur derrière la porte d'entrée. Elle n'a rien ajouté devant son étonnement, se contentant de plonger ses prunelles expressives dans les siennes. Il n'en a pas appris davantage depuis – la barrière linguistique l'en a empêché – mais globalement il a intégré la complexité de la situation et le mal-être d'une aînée, non seulement affublée d'une cadette malgré elle, mais placée dans la position inconfortable d'initier leur rencontre. Le pire semble être la mort de Mr Tompkins, elle ne serait pas accidentelle aux yeux des Français. Lors de leur visite du jardin, Étienne lui a parlé d'une lettre d'Andrew à Samuelle, dans laquelle il confiait qu'il craignait pour sa vie et lui demandait d'entrer en relation avec sa sœur. Elle avait de quoi être déstabilisée.

Il entend un bruit répétitif derrière un rocher, comme celui d'une pierre que l'on frappe. Quelques pas de plus et il l'aperçoit, recluse, assise sur les galets les genoux groupés contre sa poitrine. Elle martyrise deux cailloux en les cognant l'un sur l'autre avec force et son corps se balance d'avant en arrière, semblable à celui d'un autiste. Elle a jeté au loin ses « *Converse* » et ses socquettes de sport et il distingue les orteils délicats vernis de rouge. Elle ne l'a pas entendu et renifle doucement, la tête baissée, en tapant régulièrement les pierres entre elles. Elle en jette une et réitère son geste directement sur son pied droit en prononçant des mots inintelligibles. Elle va se faire du mal !

Lorsqu' il voit les premières gouttes de sang sourdre de la peau pâle, il se précipite vers elle.

— Sam ! Que fais-tu ?

Elle ne réagit pas et s'inflige un autre coup.

— Donne-moi ce galet ! lui dit-il doucement.

Les sévices suivants l'obligent à stopper son geste, de gré ou de force. Il attrape son bras levé et lui arrache le caillou des mains.

Elle le fixe sans comprendre puis ses traits se crispent.

— Laisse-moi tranquille, je fais ce que je veux, dit-elle en tentant de se dégager.

— Tu es libre de te faire du mal, mais sûrement pas devant moi, répond Matthew.

— Alors va-t'en ! je n'ai besoin de personne, conclut-t-elle en se débattant.

— On a toujours besoin de quelqu'un, tu sais. En cet instant, c'est de moi, lui dit-il en la retenant fermement.

Elle bataille sans succès et en désespoir de cause, plante ses dents dans son poignet. Outre la douleur ressentie, la voir mordre sa chair tel un animal, déclenche une pulsion en lui. Il lâche sa prise et l'entoure de ses bras musclés pour la contenir. Cette fille est une vraie sauvageonne !

Au moment où elle lève son visage vers lui, il lit un désir équivalent au sien. Ses yeux brûlants le provoquent délibérément et sa bouche entrouverte oscille manifestement entre l'envie de mordre de nouveau et celle d'être embrassée.

— Don 't bite me, please[16], dit-il doucement en approchant ses lèvres de la bouche fiévreuse.

Il attend la douleur, à l'inverse il reçoit une infinie douceur. A peine ses lèvres touchent celles tremblantes, de Samuelle, il sait que cette femme est conçue pour aimer et être aimée. Aussi enveloppante qu'une caresse, sa langue s'enroule autour de la sienne en une danse sensuelle, il sent le corps féminin se relâcher de toute tension, elle a tout oublié, dans le don total et quand elle balbutie : « J'ai envie de toi Matt », il s'enflamme et ne peut retenir son élan.

Il fait trop froid pour la déshabiller, il découvrira son corps une prochaine fois car il est évident qu'ils n'ont pas fini de s'aimer. Il glisse ses mains sous le pull de laine porté à même le torse et chemine jusqu'au simple soutien-gorge dénué de dentelle. Sa peau est extrêmement douce et fleure naturellement bon. Il effleure les mamelons dressés sous le coton fin et se penche afin de les goûter.

— Non, l'arrête-t-elle. Moi d'abord, je te veux maintenant.

Elle baisse sans vergogne la glissière de son Levi's et glisse ses doigts au contact de son sexe.

---

[16] Ne me mords pas s'il te plaît

L'envie de Matthew est telle qu'il doit baisser son pantalon pour se dégager. Elle tombe à genoux, le picore de tendres baisers, frôle la soie du bout des doigts, la hume comme on se délecte d'un mets avant de le déguster, puis s'empare de l'offrande avec délicatesse. La caresse est si douce qu'il en est bouleversé. Quelques minutes de ce sulfureux supplice et sa résistance ne tient plus qu'à un fil. Il choisit de se retirer malgré le grognement de protestation de sa partenaire.

— Je veux te faire l'amour moi aussi, dit-il d'une voix rauque en la prenant sous les aisselles pour l'aider à se relever. Viens, je connais un endroit un peu plus loin. Mets tes chaussures.

Elle obéit sans mot dire puis il l'emmène par la main jusqu'à une cabane de pêcheur, écarte deux galets près de la porte et sort une clé.

— Je viens parfois écrire ici, quand ma tête a besoin de s'épancher, explique-t-il en la guidant dans l'espace réduit.

Il y a là le minimum nécessaire : un réchaud, une théière et quelques sachets de thé éparpillés sur l'évier. Un lit recouvert d'un sac de couchage sert probablement à la sieste de l'écrivain ou au repos des retours de pêche. Quelques feuilles griffonnées de pattes de mouches sont chiffonnées au sol.

— Elles datent d'hier. Désolé pour le désordre, pas l'habitude d'emmener des dames ici... Viens ma douce ! Je veux te respirer.

Il allume le réchaud, une petite lampe de chevet posée sur une tablette en bois brut et conduit Samuelle jusqu'au lit. Elle n'a pas prononcé un mot depuis tout à l'heure et laisse l'initiative à son amant. Paisible, elle semble parfaitement à sa place et en confiance. Le calme fait suite aux perturbations dans sa tête et son corps mais Matt sait qu'il a le pouvoir de provoquer une nouvelle tempête.

Il la déleste de son jean et de son pull sans qu'elle ébauche un seul geste pour l'aider. Elle préfère le regarder en silence. Ensuite, il fait glisser le long de ses longues jambes, sa petite culotte de coton blanc et retire son soutien-gorge coordonné.

— Tu as un corps magnifique Samouelle, laisse-moi faire.

La façon imparfaite de prononcer son prénom ne la fait même pas sourire. Elle reste en attente. Matthew pose ses mains chaudes bien à plat sur le joli ventre et parcourt chaque centimètre carré de sa peau. Il prend le temps de l'apprendre. Ses circonvolutions se portent ensuite sur les fesses galbées qu'il délaisse à regret avant de remonter le chemin vers la rondeur de ses épaules et de s'égarer longuement sur les collines vallonnées de sa poitrine.

— Tu es un beau paysage ma belle, je l'écrirai demain. Laisse-moi cheminer au creux de ce doux sentier, murmure-t-il en lapant les sinuosités de son amante.

Les soupirs se font complainte. « Mon poète » sont les derniers mots qu'elle prononce avant de s'embraser en hurlant sa délivrance.

Elle est loin, perdue au beau milieu d'un univers dont elle a du mal à redescendre. Matt la regarde, tordue de plaisir, comme possédée. Il est ébahi d'un tel lâcher-prise chez cette femme qui, à première vue, semblait sur la retenue. En réalité la lave coule à flot dans ses veines. Lorsqu'elle reprend conscience, il s'est dévêtu à son tour. Elle lui tend les bras et l'attire entre ses jambes écartées. Il pénètre en une ganse étroite qui enserre son sexe d'une chaude humidité. Rapidement ses mouvements lents d'allers-retours déclenchent les gémissements et les soupirs de sa partenaire Il s'entend émettre des grondements. Leur plaisir à l'unisson, il explose dans un cri final, son bassin étroitement soudé à celui de Samuelle.

Encore allongé de tout son poids sur elle, il entend dans son cou :

— Mais qu'est-ce qui nous arrive Matt ?

— Je l'ignore, Sam, on s'est rencontrés il y a trop peu de temps pour parler d'amour, mais tout ce que je sais, c'est que j'ai la sensation qu'entre nous deux, il se passe quelque chose de fort.

— J'ai le sentiment d'être là où je dois être. Je suis bien, incroyablement bien répondit-elle avec simplicité.

Dehors, le vent s'est amplifié et secoue la porte de l'abri.

SAMUELLE

Dans la propriété, 16h.

« Je suis bien, incroyablement bien ». En prononçant ces mots, je réalise que je n'ai pas éprouvé autant de sérénité depuis longtemps. Semblable à un soldat devant la porte de son logis qui, après un long exode, est envahi d'une sensation de plénitude.

C'est si simple de tout donner sans réfléchir, de partager sans composer. Matthew a réussi un tour de force et il n'en est même pas conscient. Il est allongé à côté de moi, son ample respiration emplit l'espace restreint. Nous ne parlons pas, l'essentiel a été raconté par nos corps. Tout devient limpide. La Samuelle d'avant la plage, futile, exigeante, mondaine, professionnelle formatée « action et réussite », celle pour qui sa carrière passe au premier plan, celle qui parsème sa vie de rencontres, parfois d'histoires où la légèreté fait loi et où les sentiments sont accessoires, a cédé la place à sa jumelle mutante. Je viens d'émerger dans cette cabane, nue comme au premier instant de la vie, délestée des carcans sociétaux, « réinitialisée » en quelque sorte, blottie contre l'auteur de mon reset, un homme sans apprêt autre que sa simplicité et son naturel. J'ai enfin la certitude d'être heureuse. L'échafaudage de ma vie, construit lentement autour de doutes professionnels et de la crainte de décevoir « *Mon Père Ce Héros* », vient d'achever sa dégringolade. Son décès a fissuré l'édifice et chaque omission, chaque mensonge dévoilé, a élargi la faille. Apprendre l'assouvissement de ses passions au cœur de sa vie parallèle m'a fait si mal tout à l'heure, que l'équilibre précaire a basculé, similaire aux tours du World Trade Center plusieurs heures après l'impact.

Matthew m'a sauvée, empêchant les gravats de m'étouffer. Il m'a emportée au-delà de mon désespoir en mettant en exergue ma nature la plus profonde, la plus sincère.

— Rentrons maintenant, et si tu en ressens le besoin, parle-moi de ton père. Swann m'a seulement dévoilé quelques bribes avant que vous n'entriez.

Je ne sais par où commencer. Je pourrais lui raconter l'ignominie d'un joueur sur deux tableaux, d'un partageur d'amour doublé d'un menteur professionnel, ou bien d'un profiteur et d'un traitre. Mais rien de tout cela, ne me vient à l'esprit. La première phrase à franchir mes lèvres est :

— J'aimais Papa plus que tout...

La suite coule telle la source de mon enfance, calme, paisible et joyeuse. Les souvenirs heureux s'égrènent pareils au sable des plages de Normandie où nous passions nos vacances. Je souris en relatant les courses en chars à voiles lorsque le vent froid chahutait nos cheveux et bleuissait nos joues. J'éclate même de rire quand j'évoque le jour où, adolescente, il vint me chercher chez les parents de ma meilleure amie où nous étions censées avoir passé la nuit. En découvrant notre absence, il nous sauva la mise en endossant courageusement le rôle du père distrait, de retour de voyage et totalement ignorant que les deux filles dormaient dans la chambre à côté. Il attendit notre retour à la maison, raccompagna une Émilie, piteuse et reconnaissante chez elle et me demanda sur un ton flegmatique :

— J'espère que ton subterfuge valait le coup. Comment s'appelle-t-il ?

La honte m'avait submergée et jamais je n'avais réitéré l'expérience.

— Mon père était un type formidable.

— Quelle chance d'avoir eu un père, répond simplement Matthew.

Nous arrivons dans la propriété main dans la main. Quand il nous aperçoit, Étienne arbore un large sourire de soulagement et dit à Swann :

— Un tel événement vaut bien un pas de danse. Princesse, je vous en prie… lui propose-t-il en lui offrant son assistance.

Je ne suis pas au bout de mes surprises. Elle s'appuie d'un bras sur son accoudoir et tend l'autre à son complice pour qu'il l'aide à s'extirper de son fauteuil. Elle est si menue et émouvante dans sa robe de coton bleu clair ! Ses jambes sont musclées malgré le handicap et je devine que Matthew y est pour beaucoup.

— Je ne danserai pas avec vous ce soir, mon carnet de bal est complet, minaude-t-elle d'un air espiègle. Mais vous pouvez me porter jusqu'à la chaise un peu plus loin. J'en ai assez de ce trône.

Ébahie, je vois mon cher Étienne, tel un ambassadeur investi d'une mission de la plus haute importance, emporter ma petite sœur comme un trésor, près du salon de jardin. Elle semble aussi légère qu'une plume et mon ami ne peut cacher une expression attendrie.

— Il faudrait la prévenir qu'il est gay, dis-je en douce à Matt. Il me jette un œil moqueur :

— N'importe quoi…

- 2 -

SATURATION

28 mars 2019 — 29 mars 2019

SWANN ET SAMUELLE

28 mars, atelier de JAS House, 16h30.

Swann ouvre la porte de l'atelier et d'un signe propose à sa sœur d'y entrer. L'espace est vaste et distribué en alcôves le long desquelles sont adossés des cadres, la plupart recouverts de tissus de protection contre la poussière ou la curiosité. La luminosité est variable. A deux endroits, à gauche en entrant et au fond du hangar, un puits de lumière apporte une clarté naturelle. Le reste de la pièce nécessite l'ajout d'éclairages artificiels. Un peu plus loin encore, trône un bureau dont la surface est occupée en son centre par une pile de documents, sur laquelle un téléphone vintage sert de presse-papiers.

Samuelle s'approche instinctivement du premier renfoncement, attirée par un tableau aux couleurs vives, posé sur un chevalet. Il est en cours d'élaboration et représente une scène de rue. Une foule est rassemblée autour d'un homme qui brandit quelque chose vers le ciel. Il est évident que les gens convoitent l'objet tendu et chacun se presse près du quidam qui semble se délecter de la situation. Son visage reflète un sentiment d'intense satisfaction. Un peu plus loin, un bambin assis par terre, pleure en montrant son genou écorché ; il a manifestement été renversé par des individus du cercle de curieux, pourtant personne ne se soucie de le relever.

La jeune Française reste interdite devant le réalisme de la scène et la qualité de l'œuvre inachevée.

— Notre père signait-il de son propre nom ou bien utilisait-il un pseudonyme ? demande-t-elle. Cette peinture est magnifique, son style me rappelle quelqu'un, mais je ne saurais dire qui. Quel dommage qu'il ne l'ait pas terminée !

— Il apposait « *A.T* » en bas à gauche, cependant ses ouvrages ne sortaient pas d'ici, précise Swann. Il refusait de les montrer. Toutefois, cette huile n'est pas de lui. Elle ajoute :

— Je la signerai quand je l'achèverai.

Sa sœur s'exclame :

— Tu en es l'auteur ? Quelle belle artiste ! Te rends-tu compte de ton talent ? Il faut que tu te montres, tu mérites que le monde te découvre.

D'un sourire amusé, la peintre achève de forcer le trait de son ignorance :

— J'expose à Hayward Gallery à Londres la semaine prochaine. Nous nous préparions avec Papa, il orientait mes choix. Depuis qu'il est parti, je n'ai plus aucune envie. Voudrais-tu reprendre le flambeau avec moi ?

Samuelle va de surprise en stupéfaction. L'enfant fragile, recluse entre une nounou enrubannée et un entraîneur renfermé, est une future star, c'est évident.

— Je n'ai jamais lu ton nom dans une revue, c'est ta première exposition ?

— Pas vraiment, je présente mes œuvres depuis peu et j'ai eu la chance d'intégrer plusieurs galeries européennes ces temps-ci.

Sam soulève le drap qui recouvre une autre représentation tout aussi superbe et contemporaine, et se penche pour déchiffrer une signature dont elle commence à deviner la teneur.

— Drajna Ween tu m'en diras tant ! s'écrie-t-elle. Sais-tu que je suis envoyée en Angleterre par mon journal pour t'interviewer, petite cachotière ?

Elles éclatent de rire de tant de coïncidences. En reprenant son souffle, l'aînée interroge :

— Quel patronyme intrigant, ce sera donc ma première question pour assouvir l'appétit de mes lecteurs. Mademoiselle Ween, d'où vient votre nom si particulier ?

— C’est l’anagramme des prénoms de mes parents Andrew et Jane. Je suis très heureuse de les porter car ils ont disparu récemment. Ils me manquent énormément. La vie prend mais sait néanmoins redonner car je viens d’hériter d’une sœur et ce cadeau adoucit ma peine, répondit la jeune femme, les larmes aux yeux.

Samuelle parcourt les deux mètres qui la séparent de sa cadette et la prend dans ses bras.

— Je n’aurais jamais cru prononcer ces mots il y a encore deux jours mais je suis très contente de t’avoir rencontrée Swann Tompkins, alias Drajna Ween.

RODOLPHE

Autoroute M 3, entre Londres et Portsmouth, 15h.

Rodolphe crève de jalousie. Quand Samuelle lui a demandé un congé, il a deviné qu'elle partait avec cet enfoiré d'Étienne. Il a accès à tous les ordinateurs de la boîte et a retrouvé un mail dans lequel elle lui donnait rendez-vous le lendemain en lui rappelant leurs coordonnées de destination. Il a toujours été fouineur et récupère tous les mots de passe de ses collaborateurs. Cela lui a bien profité, le jour où il a falsifié un message de son ancien rédacteur en chef, destiné au directeur du journal, en y incorporant une fausse information qui discréditait Paris' Art. Cela coûta la disgrâce et sa place à son supérieur, en sa faveur, bien entendu.

Dans « l'affaire Samuelle » Rodolphe a mené une enquête scrupuleuse et efficace. A l'adresse signalée, est domiciliée la famille Tompkins – ou du moins ce qu'il en reste – le père de Sam, sa femme Jane et leur fille Swann. Il n'a pas été difficile d'apprendre que la mère est décédée il y a cinq jours à Paris, que la jeune Anglaise souffre de fibromyalgie et qu'elle bénéficie de l'assistance d'une gouvernante et d'un physiothérapeute. La vieille ne présente aucun intérêt, par contre l'absence totale de renseignements concernant l'assistant paramédical, l'a poussé à poursuivre ses investigations et moyennant un pot de vin au constable d'accueil de la police du comté, il a découvert un passé trouble, couronné d'un séjour en prison. Le deuxième « loup », et pas des moindres, se nomme Andrew Tompkins. Rodolphe sait pertinemment qu'il vient de passer l'arme à gauche et pour cause... Cependant, le bonhomme possédait tout en double : domiciles, femmes et enfants, mais sans aucune trace de divorce. Il y a de quoi faire un sacré papier !

Sam va être folle de rage mais elle est à sa merci maintenant et si elle ne veut pas assister à une deuxième sépulture, celle de la réputation paternelle, elle reviendra dare-dare. Il ne va certainement pas l'épargner. Andrew le prenait de haut – son mépris ne lui a pas réussi – et sa fille l'a jeté comme une merde, alors il tient un bon moyen de chantage : ou elle revient vers lui, ou tout le monde saura qu'Andrew Tompkins était non seulement bigame mais qu'il employait un repris de justice. « Le pouvoir est jouissif », se dit-il en remontant sa vitre.

De toute évidence, la situation n'est pas claire et il en découvrira davantage encore lorsqu'il arrivera à Portsmouth. Encore une heure exactement, vérifie-t-il en consultant son GPS.

Dans soixante-quinze minutes maxi, Samuelle lui demandera pardon et il cassera la gueule à son mec. L'idée lui donne une érection. Il a presque envie de glisser la main sous sa ceinture et de se soulager mais il préfère garder son énergie intacte. Fort de cette décision, il avale une nouvelle gorgée de whisky et jette la bouteille vide sur le sol, côté passager. Il ramènera la pouffiasse en France, contrainte et forcée s'il le faut « *Montre que tu es le plus fort, mon fils, et arrête de chialer* », lui serinait son paternel en lui filant une claque derrière la tête. La manière forte, rien de tel pour s'affirmer et ce n'est pas une petite mijaurée qui va lui résister.

Il pousse le volume de l'autoradio à fond et appuie sur l'accélérateur de sa voiture de location. « On roule à gauche dans ce putain de pays », se rappelle-t-il, l'esprit embué, lorsque le véhicule fait une embardée pour redresser la trajectoire. Plus que quarante-cinq minutes à se concentrer.

SWANN, SAM, MATT et ÉTIENNE

Atelier de JAS House, 16h30.

Les voici tous les quatre dans l'atelier de JAS House. D'un commun accord, les sœurs ont souhaité associer leurs amis à la découverte de l'univers artistique de leur père. Elles sont d'avis qu'une appréciation extérieure est souhaitable. Les garçons auront le recul nécessaire et seront à même de relever un détail imperceptible à leur vision filiale. Swann les guide vers l'espace paternel et soulève la toile recouvrant les cadres.

Andrew était spécialisé en art figuratif. Il peignait son environnement proche : le parc décliné à différentes saisons – Les rameaux rouges des cornouillers en hiver, les magnifiques tulipiers au feuillage doré par l'automne, les hortensias mauves et roses de l'été, adossés au pan de mur derrière la maison – ainsi que la plage jouxtant la propriété. Samuelle lâche une exclamation en reconnaissant la cabane de pêcheur et rougit comme une pivoine en croisant l'œil amusé de Matthew. Elle découvre également des dessins superbes de Swann à divers âges de sa vie. Le crayon avait tracé des courbes fines et harmonieuses autour de l'ovale des visages enfantins. Quelle délicatesse !

Un peu plus loin, dans un autre renfoncement, se tiennent face contre mur plusieurs tableaux, comme si l'auteur n'avait pas souhaité qu'on les remarque. Il s'agit d'œuvres connues que le peintre s'est amusé à copier : « *La femme aux yeux bleus* » et « *La femme à l'éventail* » de Modigliani, dont les formes oblongues et les couleurs rouillées sont reproduites avec justesse et sensibilité. Derrière ces répliques, c'est au tour de Chagall d'avoir été imité à travers des ouvrages magistraux : « *Le double portrait au verre de vin* » et « *Le violoniste vert* ». Là encore, Andrew a dupliqué les personnages et les teintes Chagalliennes avec une aisance stupéfiante.

Les dernières peintures arrachent un cri à Samuelle. Elle en dégage une et la tend à Étienne :

— Place-la sous la verrière, s'il te plaît. Ainsi que celle-ci, ajoute-t-elle en donnant à Matt la représentation d'un petit passage entre deux maisons. Mettez-les chacune sur un chevalet, à hauteur du regard. La curiosité la rend impérieuse et directe.

— Admirez ces peintures. Elles représentent la ville natale de Johannes Vermeer, des huiles exceptionnelles, à gauche « *Vue de Delft* » et à droite « *La ruelle* », s'extasie-t-elle, tremblante d'émotion.

— Sauf qu'il est question de reproductions, petit scarabée, corrige calmement son ami. Les vraies sont exposées dans des musées des Pays-Bas, il me semble.

— Merci, je suis au courant, le rabroue-t-elle Je te signale juste que ces copies sont extraordinaires de similitude, jusque dans leurs dimensions. La technique est présente bien sûr, mais Papa a su traduire l'intention, le sentiment de l'artiste, et cela est très rare de la part d'un copiste.

L'excitation de la journaliste de Paris' Art est à son comble. Elle reprend :

— Voyez la juxtaposition des petites touches de peinture, elle est typique du style pointilliste et apporte une lumière particulière à l'ensemble.

— Sam, ce n'est pas un vrai, répète Étienne pour la tempérer.

Sans l'écouter, elle reprend son inspection des toiles restantes. Avec un cri, elle extirpe deux exemplaires placés à part.

— C'est juste impossible, marmonne-t-elle. Cela ne peut être, elles n'existent pas.

— Mais que racontes-tu ? Tu parles toute seule à présent, se moque Étienne.

Elle l'ignore et prend sa sœur à témoin.

— Regarde ! Il s'agit d'une autre vue de ces deux huiles. Elles sont déclinées sous un angle différent. Observe celle qui représente la ruelle : le ciel est sans nuages et les femmes ne sont plus à l'ouvrage mais discutent ensemble, Il n'y a pas d'enfant mais un vieil homme qui se repose sur le banc. C'est comme une continuité de l'original. Je suis bluffée de l'imagination et du talent de reproduction de Papa. On pourrait croire qu'il s'agit d'une œuvre inconnue de Johannes Vermeer. Une vraie performance !

Emportée par son admiration, elle se dirige vers l'autre toile. Même inspiration à propos de « *Vue de Delft* ». Leur père a restitué la plus grande partie du tableau tout en faisant évoluer les personnages et la lumière. Un attroupement de badauds se trouve maintenant sur la berge. Probablement attendent-ils l'arrivée d'un bateau de marchandises. Le ciel est plus sombre, les nuages plus nombreux, il va sûrement bientôt pleuvoir.

Elle poursuit son monologue, inattentive au fait que sa sœur reste coite.

— Que penses-tu du talent d'imitateur de notre père. Il était doué, non ? Réinterpréter Vermeer, c'est fort et très ingénieux. Il a même poussé la précision en signant à la place exacte du peintre.

Swann ne bronche pas. Elle s'approche du bord blanc de la fenêtre de la façade de « *La ruelle* », là où son père a apposé sa signature. Elle marque un temps d'arrêt, recule de quelques pas toujours en silence, puis réitère la manœuvre sur la deuxième toile. Elle se tourne lentement vers ses amis.

— Y a-t-il un souci ? demande Matthew, devant la pâleur de sa protégée.

— Vous n'allez pas me croire, mais il a signé J. Vermeer, prononce-t-elle gravement, d'une voix encore plus blanche que son teint.

La phrase tombe, tel un pavé dans la mare, éclaboussant l'assemblée d'une gerbe de suspicion.

Samuelle se précipite sur les copies et déchiffre à son tour le nom en plissant les paupières.

— Ce n'est pas possible ... Il ne peut pas avoir fait cela !

Aucune parole supplémentaire n'est ajoutée. L'évidence crève les yeux : Andrew Tompkins était un faussaire. Un expert-menteur jusqu'au bout des pinceaux...

Les deux sœurs sont anéanties. Sans force, elles restent plantées face au fait accompli et à la preuve irréfutable de la culpabilité de leur père. Swann vacille et menace de perdre l'équilibre malgré ses béquilles et en l'absence du soutien du jeune Français, elle se serait écroulée. Sam, elle s'assoit délibérément par terre, les jambes en tailleur, obnubilée par les objets du délit. Les contours se brouillent. L'eau du canal de Delft déborde fiévreusement et rejoint le pavé de l'étroite voie du tableau voisin en emportant les trois bavardes. La voûte céleste de Delft devient si noire que les nuages disparaissent et que la belle lumière s'éteint. Deux tableaux, devenus le diptyque d'une scène de l'apocalypse.

C'est en plein centre de ce ciel tragique que se présente une nouvelle fois Andrew Tompkins, à sa fille aînée.

SAMUELLE

Atelier de JAS House, 17h.

Le visage de papa flotte au milieu des nuages. J'ai du mal à le distinguer entièrement, néanmoins je sais que c'est lui. Il a l'air peiné et tend ses bras vers moi mais je ne veux pas les attraper. Il ouvre grand la bouche, on dirait qu'il va crier. Je ne souhaite rien entendre et tel un enfant craintif, je recouvre mes oreilles de mes mains, en protection. Mon père ferme les yeux, je vois deux larmes rouler sur ses joues. Je crois qu'il veut me dire quelque chose.

— *Sam chérie, ne me jugez pas ta sœur et toi. J'ai fait ce dont vous m'accusez, je suis coupable. Mais sachez que je n'avais pas le choix.*

Je m'entends lui répondre :

— On l'a toujours, Papa. Tu nous as inculqué l'honnêteté, tu étais mon héros !

— *Laisse-moi t'expliquer. J'étais dans un engrenage duquel je ne pouvais sortir sans vous mettre en danger. Il y a trois ans, quelqu'un a découvert ma double vie et m'a fait chanter, menaçant de tout révéler à Caroline et à Jane. Pour acheter son silence, j'ai accepté de reproduire deux Modigliani et deux Chagall pour des particuliers peu regardants. Je fus tranquille durant plusieurs mois, puis un soir, Caro me passa un appel. Un individu à la voix falsifiée m'ordonna de peindre deux représentations différentes de « La ruelle » et de « Vue de Delft » à la manière de Vermeer. Il s'agissait de les vendre à des passionnés peu avertis en tant qu'œuvres inédites de l'artiste. Je maîtrisais le style et le fait de faire simplement évoluer la scène les présentait de façon évidente comme une œuvre originale et une opportunité exceptionnelle pour ces acheteurs.*

Je refusai catégoriquement. J'avais conscience d'avoir fait une énorme erreur en acceptant de copier les Modigliani et les Chagall, pour préserver mes mensonges personnels. Tant pis, j'en assumerais la honte et les conséquences, mais je ne voulais plus tremper dans ce trafic. Car il s'agissait bien d'un commerce frauduleux pour lequel je risquais bien plus que des problèmes de couples. J'avais peine à croire que l'acheteur ne fasse pas expertiser son achat. Apparemment, cela ne préoccupait pas mon commanditaire anonyme et je devinai que j'avais affaire à une organisation suffisamment solide pour qu'on ne retrouve pas sa trace.

J'ai commencé à recevoir des lettres de menaces, chaque semaine pendant deux mois. Je les ai ignorées jusqu'à celle qui a menacé de mort ce que j'avais de plus cher au monde, vous, mes filles. Alors j'ai cédé et j'ai reproduit le tableau, puis d'autres encore. Malgré cela, les intimidations continuaient, par la poste et au téléphone, m'enjoignant de « me tenir à carreau et de la fermer » J'eus le cran, début janvier, de me rebeller de nouveau et de leur affirmer que j'arrêtais définitivement. Quelques jours plus tard, on me poussait sur le quai du métro et je faillis mourir. Je compris que j'étais fichu et que rien ne me sauverait de ce pétrin. Sans vraiment me confier à Jane qui venait de découvrir ma seconde vie, je la mis en garde et lui demandai de te remettre une lettre s'il m'arrivait malheur.

— Mais qui est cette personne qui t'a fait du mal, Papa ?

— *Va dans mon bureau, tu trouveras des enveloppes, elles sont bien cachées. Après, rentre en France et donne-les à la police. Tant que justice ne sera pas faite, je serai entre deux mondes. Ensuite la paix viendra, pour vous comme pour moi. Je suis si triste de n'avoir pu sauver Jane.*

— Papa...

— *Pardonne-moi Chérie, demande à Swanny et à Caroline de me pardonner également. Je vois leurs progrès, mais tu es ma seule interface avec les vivants. Il te faudra être forte ma petite noisette.*

Heureusement, tu as un autre protecteur maintenant. C'est un type bien.

Aussi subitement qu'elle était venue, l'apparition s'évapore, absorbée par la vapeur d'eau flottante. Le firmament redevient bleu et les nuages s'éclaircissent dans le ciel de Delft. Au milieu de la rue étroite, les ouvrières ont repris leur discussion. Elles ne sont même pas mouillées.

Au loin, je perçois l'accent inquiet des « Samouelle » de Matthew. Je grelotte sans pouvoir lui répondre. Quand il me prend entre ses bras et je reviens à la réalité.

— Mon père m'a parlé.

*

Une tasse de thé fumante devant moi, je suis encore sonnée par l'épisode éprouvant. C'est la quatrième fois que mon père me fait le coup. Je ne comprends pas pourquoi il apparait et me parle. Trois paires d'yeux sont suspendues au niveau liquide à l'intérieur de la pièce en porcelaine, impatients d'apercevoir le décor liberty du fond.

Je raconte tout : les apparitions successives, ma vision de la rencontre de mes parents trente années auparavant dans un atelier d'artiste peintre, celle de mon père avec Swann enfant sur la plage alors que je visionnais d'anciennes aquarelles, et à présent ses aveux face à ses toiles illégales.

Matthew pose la main sur mon épaule et m'explique qu'il s'agit là de médiumnité, de flashs que le voyant perçoit, visuellement ou par sonorités, et qu'il interprète.

— Médium ? Cela ne m'est jamais arrivé avant.

— Ce peut être transitoire et lié à un traumatisme particulier, en l'occurrence ici, la mort de ton père et le choc des révélations. Tu as certainement toujours eu la faculté de communiquer avec une autre dimension. En fait, tu es une sorte d'intermédiaire entre deux plans de conscience.

Il précise devant notre air étonné :

— Durant une longue période de ma vie, j'étais plutôt isolé et j'ai beaucoup lu. Je me suis intéressé à la psychologie et aux divers degrés de la perception humaine. As-tu remarqué que tes épisodes de clairvoyance sont tous liés à la peinture ?

Il a raison, évidemment. Mais de là à conclure que c'est le fil conducteur de ma vie c'est un peu facile et affreusement troublant… Étienne, une fois de plus, déride la situation et déniche l'expression qui ne peut que nous faire grimacer ou sourire.

— Non mais quelle famille !

SWANN

Atelier de JAS House, 17h15.

Swann s'affaire sur le bureau. Elle inspecte méticuleusement chaque document entassé sous le téléphone-presse-papiers. Il y a là essentiellement des notes personnelles, des pense-bêtes sur lesquels le peintre a griffonné des croquis, des listes de tâches à ne pas oublier du genre « Appeler X » « Acheter tubes Noir De Zinc et Terre de Cassel ». Son père était méticuleux d'ordinaire, mais là, il en avait écrit partout.

Vers le bas de la pile, entre une énième prise de cotes d'encadrement et un dessin esquissé à la hâte, un morceau de papier plié en quatre retient son attention. A l'intérieur, un poème en français, dont la dernière ligne est recouverte grossièrement de gouache noire. Dad n'était ni de nature poète ni conservatrice. Il triait, jetait tout ce dont il n'avait plus besoin et c'était d'ailleurs un sujet de plaisanterie avec sa mère. Elle, plutôt désordonnée, cherchait souvent ses affaires et Swann la taquinait en se référant au modèle paternel.

— Pas la peine, je n'y arriverai jamais, riait Jane en cherchant de plus belle ses clés.

Samuelle saisit le feuillet et lit à voix haute :

*« Amer savoir, celui qu'on tire du voyage !
Le monde, monotone et petit, aujourd'hui,
Hier, demain, toujours, nous fait voir notre image
Une oasis d'horreur dans un désert d'ennui !*

*Faut-il partir ? rester ? Si tu peux rester, reste.
Pars, s'il le faut. L'un court, et l'autre se tapit
Pour tromper l'ennemi vigilant et funeste,*
[illegible] »

— Ce sont deux strophes du poème « *Le voyage* » de Baudelaire, explique-t-elle. Curieux ce dernier vers occulté ?

Sa sœur attrape un flacon d'essence minérale sur l'étagère derrière elle et en verse largement sur un chiffon qu'elle tamponne sur la tache. Sous l'effet du produit dissolvant, la pâte s'allonge et s'étire sur les mots avoisinants, diluant partiellement la couche de peinture. Elle renouvelle l'opération deux fois et petit à petit, cinq chiffres baveux apparaissent : 14113

— Que signifient-ils ? demande Étienne. Il peut s'agir de tout et n'importe quoi.

Swann continue sa perquisition et vide à présent les deux tiroirs du secrétaire. Le premier ne contient que des fournitures, triées par catégorie, témoignant de l'esprit synthétique de leur père.

L'autre est équipé de trois dossiers suspendus et étiquetés. Elle en extirpe des chemises, chacune intitulée du nom des peintres copiés. Celle de Modigliani renferme plusieurs photographies en format A4 de « *La femme aux yeux bleus* » et de « *La femme à l'éventail* », ainsi que des agrandissements de certaines parties des tableaux, notamment la main élégante du premier et l'inclinaison du cou du deuxième. On trouve les mêmes recherches en ce qui concerne Chagall et Vermeer. Andrew ne laissait rien au hasard et cultivait le souci du détail. Cela faisait sans nul doute sa force mais avait provoqué sa perte.

Elle a beau examiner et orienter les clichés dans tous les sens, elle ne retrouve aucun indice susceptible d'étayer les propos de « l'hologramme » Tompkins. Pas la moindre lettre. Il s'agissait sûrement d''un simple égarement de l'esprit de Samuelle. Le dépit est palpable.

Étienne encore lui, renverse la situation avec humour :

— Imaginons que nous soyons dans le dernier James Bond – désolé, ce n'est pas très drôle vu les circonstances – 007 se serait-il contenté de fouiller les tiroirs du mort ? Bien sûr que non ! Il inspecterait déjà le dessous du meuble, signifie-t-il en tapotant son index sur sa tempe d'un air mi-dandy, micanaille, sous-entendant « un peu de réflexion ne nuit pas, Mesdemoiselles... ».

Et devant les moues dubitatives sur sa santé mentale, il ajoute :

— Démonstration ! Il écarte la chaise et s'enfile à plat dos sous le plateau en bois blanc. On entend son rire satisfait, le bruit d'un adhésif que l'on détache, et aussitôt sa main reparaît, brandissant un paquet de lettres qui lui est arraché bruyamment et sans pitié, en dépit de sa position précaire.

— Hé les filles ! Je suis James Bond quand même ! proteste-t-il en s'extirpant de sous la table, le cheveu en bataille. Un peu de considération envers votre héros, que diable !

Quatre bras manquent de l'étrangler mais les plus doux, les plus parfumés s'attardent longtemps autour de son cou et à son sourire ravi, il est clair qu'il apprécie la récompense.

*

Rosie a apporté un plateau chargé de verres de « *London Pride* », d'un grand verre d'eau pétillante citronnée pour Matthew qui ne boit jamais d'alcool et d'une assiette remplie de *Shortbreads*. Elle l'a déposé sur le bord du bureau et est repartie aussi légèrement que si elle naviguait sur un coussin d'air.

L'amertume de la bière brune et la douceur des gâteaux secs les réconfortent après ces à-coups émotionnels successifs qui n'ont pas terminé leur remue-ménage, c'est évident.

Les trois enveloppes sont étalées côte à côte. Elles portent chacune le nom de son destinataire, tapé à la machine. L'adhésif qui les a maintenues est encore en place, recouvrant la majeure partie du patronyme. Samuelle, découpe les morceaux qui dépassent et tend les correspondances à Matthew.

— Je t'en prie, ouvre la première, Matt.

Ses mains tremblent un peu lorsqu'il sort une feuille de papier quadrillé sur laquelle sont collées des lettres, découpées dans des magazines. Il jette un coup d'œil rapide au texte et fait suivre la missive à son nouvel ami.

— C'est en français.

Surprenant, mais après tout pas tant que ça, Andrew partageait sa vie entre deux pays. Étienne lit le texte à haute fois puis Swann traduit pour Matthew.

« TU DEVRAIS TENIR DAVANTAGE COMPTE DE MES AVERTISSEMENTS SI TU NE VEUX PAS QUE TA FAMILLE APPRENNE QUE TU LEUR AS MENTI… »

Sur la deuxième est écrit, toujours en français

« TU NE PEUX PLUS CHANGER D'AVIS SALE MENTEUR. TES FILLES RISQUENT GROS SI TU N'OBÉIS PAS… »

La dernière est la plus menaçante :

« TU AS SIGNÉ TON ARRÊT DE MORT, TANT PIS POUR TOI PAUVRE CON … »

Les trois missives sont alignées sur le bureau, chargées de tout leur fiel immonde.

— Eh bien ! votre père était dans la merde… lâche Étienne avant de toucher le bras de Swann en guise d'excuse. Il a conservé ces torchons, afin qu'on les trouve s'il lui arrivait malheur, mais pourquoi n'a- t-il pas dénoncé son maître-chanteur ?

La réponse tombe de la bouche de Matthew.

— Dans le but de protéger ses familles après sa mort, mais aussi pour que ses filles stoppent la machination en confiant les écrits aux autorités compétentes. N'oubliez pas que Swann est également peintre, il voulait empêcher que le chantage se reporte sur sa personne.

La justesse de son analyse laisse ses compagnons bouche bée. Il poursuit son raisonnement.

— Il n'avait certainement que des soupçons, et vous savez très bien que la justice anglaise ne s'appuie que sur des preuves contrairement à la loi française qui se contente d'aveux pour établir une culpabilité. Tant que l'identité du maître chanteur ne sera pas établie avec certitude, la menace planera. Ce n'est pas par hasard qu'Andrew a dissimulé ces indices sous son bureau. Les menaces sont rédigées dans la langue de votre Molière, la réponse se trouve probablement en France. C'est le message qu'il a souhaité vous transmettre.

— Tu as raison, approuve Étienne. Nous en apprendrons plus là-bas et lorsque nous aurons le début d'une preuve, nous confierons l'affaire à la police. Il n'est pas impossible que votre père ait initié ses activités illicites en Angleterre et les ait exportées dans l'hexagone ensuite. Dans cette hypothèse, il aurait préservé ici les courriers, loin de son rançonneur. Je vous propose de continuer notre collaboration outre-Manche. Matthew et moi serons vos gardes du corps. Qu'en dis-tu, mec ?

Le thérapeute se rembrunit et marmonne du bout des dents :

— Pas possible. Je ne peux pas partir. J'ai à faire ici, en évitant le coup d'œil blessé de Samuelle.

Rosie entre à cet instant et annonce d'un ton précieux, qu'un nouveau visiteur vient d'arriver. Elle l'a installé près de la piscine. Elle ajoute d'un air réprobateur : « Il n'a pas voulu de thé mais un double whisky... »

RODOLPHE

Jardin de JAS House, 17H30.

Rodolphe fait les cent pas sur la margelle de la piscine. Il a avalé son whisky d'un trait et comme il n'a rien mangé depuis plusieurs heures, l'alcool lui monte à la tête. Il le rend sûr de lui et de son succès. Sa tactique a évolué, il dira à Sam qu'il vient l'assister sur le vernissage de Drajna je ne sais quoi. En tant que subalterne, elle ne pourra pas refuser. Ce sera toujours le moment d'aviser et d'appliquer la méthode paternelle si cette idiote et son gigolo lui résistent.

Il l'aperçoit de loin, ses cheveux bruns flottent sur ses épaules sous l'effet du vent et dessinent une couronne autour de sa tête. Auréolée de douceur, elle est encore plus merveilleuse que dans son souvenir. Manifestement, elle ne l'a pas vu et il ébauche un pas en sa direction pour cueillir son premier regard, quand soudain il prend conscience qu'elle n'est pas seule.

Il reconnaît Étienne, bien sûr. Cet enfoiré est accroché à ses basques avec son allure de fils à papa. Il a une envie folle de le pousser à l'eau et de lui faire dégorger toute sa suffisance. La gamine en cannes anglaises – humour à deux balles se moquerait son père – doit être sa frangine, on dirait une môme, pas intéressante... Il n'aime que les femmes, les vraies, celles qu'il manipule et avec qui il peut jouer. Au début elles apprécient ses jeux, séduites par son imagination, mais au bout de quelques semaines, elles s'éloignent sous un prétexte futile. A l'identique de Samuelle à propos de sa soi-disant brutalité, un peu de brusquerie tout au plus. « J'ai laissé filer toutes les autres, seulement toi, c'est impossible ! » se promet-il. Tu reviendras coûte que coûte, de gré ou de force, je n'ai pas fait tout ça pour rien.

Le second homme lui fiche une bouffée d'adrénaline. Assurément, le genre à lui mettre des bâtons dans les roues. Il s'agit sûrement du kiné ex taulard. Beau corps, belle gueule burinée, deux raisons supplémentaires pour soustraire sa chérie de cet endroit, se dit-il.

Il a juste le temps d'avaler un dernier bourbon avant de se placer dans leur champ de vision. Heureusement la vieille a laissé la bouteille. Il remplit son verre au trois-quarts et le descend sans respirer. Le liquide brûlant lui assure la réussite de sa démarche : son amour va l'accueillir à bras ouverts. Il en est tellement persuadé à présent, qu'il s'avance à sa rencontre, un sourire conquérant sur les lèvres.

— Hey Guys ! How are you doing[17]?

L'anglais n'a pas de secret pour lui, c'est un pays où il séjourne régulièrement.

– Bonjour mon petit cœur, minaude-t-il avec tendresse. Je suis tellement heureux de te revoir !

Son sursaut le fait éclater de rire :

— Tu as l'air surpris ma puce, c'est logique. Je ne t'avais pas prévenue. Mademoiselle, Monsieur, je me présente, Rodolphe Joulin, boy-friend et rédacteur en chef de Sam. Il omet délibérément le bellâtre français et poursuit suavement :

— Chérie, je viens couvrir en ta compagnie, l'exposition de ta peintre un peu zarbi à Londres, déclare-t-il en lui tendant la main.

La réaction de Sam est si brusque qu'il suspend son geste. Elle se détache du groupe, tandis que sa garde rapprochée se resserre près d'elle. Seul le plus âgé est resté en retrait, le visage fermé et les mâchoires crispées.

— Je n'ai pas besoin de toi ici et je te rappelle que : primo, je suis en séjour privé dans ma famille et

---

17 Hé les gars ! Comment allez-vous ?

secundo, nous ne sommes plus intimes depuis que tu m'as agressée, il y a un mois et demi.

Derrière elle, le grondement n'augure rien de bon et Étienne annonce :

— Préparez-vous les amis, la tornade entre en action.

En trois enjambées, la jeune femme l'a rejoint et se tient à cinquante centimètres de lui, la colère a élargi ses pupilles et ses yeux noisette ont viré au marron foncé. Il a l'impression qu'elle va le dévaster puis d'un coup se ravise. Avec une moue dégoûtée, elle dépose ses phrases froidement, comme elle servirait un plat, en lui notifiant : « Mange !».

— Mon pauvre garçon, tu devrais te voir. Tu es un ivrogne doublé d'une brute. Tu fais illusion au départ en jouant sur ton physique et ton naturel enjôleur, sauf qu'en réalité, tu n'es qu'un pervers narcissique. Je ne t'aime pas, je ne t'ai jamais aimé. Tu m'as séduite, amusée, avant de découvrir en toi tout ce que je déteste : la grossièreté et la bêtise. Va-t'en maintenant, tu es pitoyable ! Je te signale, au passage, mais tu le sais, que mon père a déposé son témoignage auprès d'un huissier, alors dégage mon vieux, tu empestes l'alcool et tu n'as rien à faire ici.

Rodolphe est pétrifié devant ce déversoir de mots. Il s'attendait à de la réticence mais en aucun cas à une telle humiliation publique. L'emportement le submerge. Il va punir cette salope, lui apprendre les égards, ceux que son père exigeait de sa mère et de son fils lorsqu'ils s'adressaient à lui. Au moindre écart, à la première amorce d'opposition, la punition tombait aussitôt, sévère, douloureuse. Ensuite, tout redevenait normal. Samuelle a dépassé les bornes, elle mérite d'être corrigée. Après, elle aussi se taira, comprendra puis pardonnera.

Sa main s'abat avec une violence incroyable sur la jolie bouche pour lui faire ravaler ses paroles. Le choc jette la rebelle au sol et du sang coule sur son menton.

— Mets ton manteau, dépêche-toi ! hurle-t-il, débordant de colère.

Il n'y a pas de deuxième coup. Les deux hommes se sont précipités sur lui et le voici au sol à son tour, immobilisé les mains dans le dos, en train de vociférer des insultes. Au-dessus de lui, l'Anglaise a laissé tomber ses béquilles et s'est élancée vers sa sœur et la gouvernante, accourue en entendant les éclats de voix, demande si elle doit appeler la police.

— Ce n'est pas la peine Rosie, répond la jeune fille en tamponnant la lèvre tuméfiée de son aînée. Notre visiteur va partir immédiatement.

La brute le tire par le col de son polo jusqu'à son amie à terre.

— Excuse-toi, et plus vite que ça, espèce d'alcoolique, ordonne-t-il. Ici on respecte les dames et les lois.

Il reste au Français assez d'énergie pour lâcher son ultime missile.

— Les lois ? Un ancien détenu est mal placé question respect, tu ne crois pas ?

Et face au silence général, il ajoute :

— Tiens, il semble que personne ne soit au courant ici... Il ne vous a pas dit qu'il avait purgé trois ans de taule pour complicité de vol ? Ce n'est pas bien de faire des cachotteries à ses employeurs, Matthew Anker... Andrew l'avait-t-il découvert ? Pourvu que cela n'ait pas de rapport avec sa mort... Qu'en penses-tu, Sam chérie ?

Ils vont tout faire échouer ces imbéciles !

Je dois trouver un moyen de les empêcher de fouiner dans mes affaires...

Ils devraient se méfier eux aussi. Je ne suis plus à un accident près...

Ce sera leur faute si je recommence...

MATTHEW

Au bord de la piscine, 18h.

Trois paires d'yeux sont braquées sur Matthew. L'instant précédent, il a jeté Rodolphe dehors sans ménagement et a attendu que sa voiture disparaisse au bout de Southwood road, avant de rentrer.

L'heure est venue et finalement cela le soulage. Il n'a jamais osé dévoiler son passé aux Tompkins, car même s'il a souvent pensé qu'Andrew le comprendrait, le risque de perdre son emploi et l'affection de toute la famille l'a emporté sur la franchise. Le temps s'est écoulé et personne n'en a rien su, sauf Rosie peut-être, au décours d'un courrier de l'administration pénitentiaire qu'elle lui avait remis à la fin de sa période de probation. Mais elle était si discrète et protectrice que le secret avait été bien gardé jusque-là.

Il déchiffre une interrogation tranquille dans le regard des Français. Étienne et Sam entrent à peine dans sa vie et ne se permettent pas de le juger sur des faits qui datent de quinze ans. Ils ne disent mot et il les remercie d'un sourire. Seule lui importe la réaction de la gamine. Et si elle ne lui accordait plus sa confiance ? Le pire serait qu'elle le regarde différemment.

Il s'assoit face à elle et lui raconte tout : son enfance, ballottée entre un père chômeur et une mère déchirée par la bière, les fugues de son adolescence, doublées du sentiment permanent de ne pas avoir de place, l'alcool, les premiers joints qui font oublier, vite remplacés par la Coke. Et l'escalade : l'argent nécessaire, le besoin, le jeu, les mauvaises rencontres, une roue crantée qui l'entraîne inexorablement vers la proposition d'un job de chauffeur dans un sale plan.

— Je savais exactement ce que je faisais, mais je n'en avais rien à foutre. Seul comptait le fric pour me procurer ma came. J'ai accepté.

Le casse a mal tourné et je me suis fait arrêter. Je n'avais pas d'armes, j'étais jeune, mon avocat a misé sur mon passif et ma dépendance. J'ai pris trois ans seulement. A ma sortie, je me suis retrouvé abandonné à moi-même et je suis retourné à la rue et à mes démons. Jusqu'au jour où une femme m'a secouru. Elle s'appelait Blanche, m'a soigné, réconcilié avec ma propre estime et aidé à me reconstruire socialement. Pendant la cure de désintoxication, j'ai compris que je pouvais exister en aidant les autres à mon tour. Je suis devenu *Physical Therapist* et ton père m'a embauché. Voilà, tu sais tout. Tes parents ne sont plus là, c'est donc à toi que je demande pardon de mon silence, Swanny.

La frêle Anglaise se lève de son fauteuil. Matt lui tend aussitôt ses béquilles. Elle les repousse et fait quelques pas en toute autonomie, puis revient vers lui.

— Tu vois, Matt, si je marche aujourd'hui c'est grâce à toi, parce que tu m'as appris à continuer à avancer. Si je souris aujourd'hui, c'est encore grâce à toi car tu m'as montré l'importance de la vie. Si je me sens forte aujourd'hui, c'est toujours grâce à toi et à tes encouragements constants. Tu as un passé, soit, on en a tous un, mais si je vis mon présent, c'est bien parce que tu as toujours été là. Tu es et resteras mon grand frère, Matt, cela ne peut être autrement.

Matthew se sent démuni devant tant de beauté intérieure. Cette gosse est magnifique et ses mots lui tirent des larmes.

— Ah non ! Ne pleure pas surtout ! Et puis, à mon tour de te faire une confidence, ajoute-t-elle d'un air malicieux. Je le savais... et Papa et Maman aussi... Ils étaient au courant depuis le début, mais pour eux, seul l'homme qu'ils avaient rencontré importait.

Il est cloué sur sa chaise. Andrew et Jane connaissaient son passé trouble et pourtant ils lui avaient confié leur bien le plus précieux, leur fille.

A aucun moment, le kinésithérapeute n'avait ressenti la moindre surveillance, ni suspicion de la part des habitants de JAS House. Son cœur se serre d'une reconnaissance posthume et ses yeux s'embuent de nouveau.

— Champagne ! s'exclame Étienne pour couper court au chapitre émotion. On se fiche d'avant, « *Carpe Diem* », cueillons le jour et conjuguons notre avenir ensemble !

— Jamais d'alcool en ce qui me concerne, maintenant vous en connaissez la raison, corrige Matthew.

Toute l'ombre posée sur son visage au fil des années a disparu. Une lumière intense brille en lui lorsqu'il se tourne vers Samuelle.

SAMUELLE et MATTHEW

29 mars, chambre bleue, 8h du matin.

— Viens avec moi en France, Matt, demande Samuelle en sortant sa tête ébouriffée de sous l'oreiller, avant de se rendormir sans attendre la réponse de son compagnon.

La soirée s'est prolongée tardivement hier et Swann a proposé le gîte à ses visiteurs. La maison est équipée de nombreuses chambres, baptisées d'une couleur chacune. Sam s'est vu attribuer la jaune, Étienne la rose et Matthew s'est installé dans la bleue. En plaisantant, le Français a raconté à leur hôte, le thème du « *Mystère de la chambre jaune* », roman du début du siècle, au cours duquel une femme est découverte morte dans une pièce fermée de l'intérieur et dont les volets sont clos.

— Par bonheur je suis un homme et nullement superstitieux ; un double avantage dans le cas présent. Échangeons donc, ma belle, proposa-t-il à sa camarade d'un air faussement dégagé. Ladite victime potentielle coupa court en minaudant :

— Je me méfie de tes idées saugrenues, Monsieur Saint-Hilaire. Pour tout te dire, je préfère la teinte bleue et comme c'est celle où se reposera Matt, je vais partager l'endroit avec lui... s'il est d'accord, évidemment... sauf s'il ne souhaite pas se reposer, ajouta-t-elle, l'air malicieux.

La messe était dite. Depuis quelques heures, les secrets n'étaient plus de mise. A la suite des révélations du coach, et grâce à une bouteille de champagne millésimé pour trois, ce fut au tour d'Étienne de remettre ses pendules à l'heure avec Samuelle. Ils étaient affalés dans le sofa du salon, les esprits embués et propices aux confidences. Après lui avoir demandé de poser son verre par précaution, il se lança courageusement. Il lui avoua qu'il avait simulé son homosexualité pour freiner ses approches séductrices et entretenir avec elle une relation purement amicale. L'aveu, s'il choqua Samuelle, « *Tu m'as prise pour une conne nymphomane, ma parole* ! », se transforma rapidement en « *J'aurais dû me douter que tu étais un menteur !* », pour conclure sur *« Finalement, je te préfère en chevalier servant, gay ou pas, plutôt qu'en amoureux transi, tu as bien fait* », mais il n'échappa pas à un coup de pied très douloureux dans le tibia droit, associé à un *« Voilà pour toi, espèce de simulateur, ça t'apprendra à te moquer de moi ! »*

Face à l'hilarité générale, Samuelle signa la paix avec son ami, en lui faisant promettre de continuer de l'appeler « Petit scarabée » et de s'occuper d'elle.

— Tu me dois bien ça, décréta-t-elle avec autorité, et je te signale que je t'ai proclamé « chevalier servant », un titre que l'on n'acquiert pas dans une pochette surprise et qui ne se perd pas sous un coup de bluff.

— Bien sûr ma jolie mégère, pardon, petit scarabée, cependant si tu permets, j'aimerais beaucoup prendre soin de ta cadette également.

Swann rougit devant la déclaration explicite, puis tendit une main à sa sœur et l'autre à son nouveau protecteur.

— Il semble que les cartes sont distribuées, plaisanta Samuelle, en saisissant la main tendue et en glissant la sienne dans celle de son amant.

La chaîne ainsi formée se scinda en deux duos aux alentours de minuit. Le premier s'éloigna en direction de la chambre bleue de Matthew, tandis que le second se dirigeait vers la mauve de la jeune Anglaise.

RODOLPHE

Piscine de JAS House, 8h30.

Le hurlement de Rosie leur sert de réveil matin.

Une sirène n'alerterait pas mieux l'équipe de garde d'une brigade de pompiers. Le cri s'étire sur une note unique extrêmement aiguë, sans aucune modulation en vue de l'harmoniser et la rendre moins douloureuse à l'oreille. Il est inimaginable qu'une si petite et discrète personne, puisse s'exprimer de façon aussi puissante. D'une cantatrice, on dirait « elle a du coffre », de sa part, on craint l'apoplexie finale.

Dans chaque chambre, de façon plus ou moins intelligible fusent des « *Quoi* ! » et des « *What* ? ». La plainte n'en finit pas ! Les poumons n'ont pas encore repris leur inspiration. Les quatre jeunes gens, vêtus en quatrième vitesse, surgissent et dévalent l'escalier jusqu'à l'origine du mal : le jardin.

L'intendante est positionnée face à la piscine. A ses pieds, un plateau, une théière et des tasses brisées, une mare de thé et plusieurs petits pains gorgés d'infusion, contraints de gonfler à même les carreaux de pierre. Elle n'a pas entendu les pas derrière elle et garde ses mains sur sa tête, en signe de catastrophe. Elle a vidé tout son air et s'est tue, mais reste figée comme une statue de sel.

— Rosie, que t'arrive-t-il ? demande tout doucement Swann, au risque de déclencher un nouveau départ d'alarme.

La gouvernante a épuisé la totalité de sa capacité vocale. Sans se retourner, elle tend l'index vers la piscine.

Il est allongé à plat ventre, tel une étoile de mer, sur la surface de l'eau. Ses cheveux forment une auréole brune autour de sa tête et son manteau noir déboutonné dessine un large triangle de chaque côté de son corps. Il flotte, paisible, légèrement balloté par le vent. Son visage regarde intensément le système de filtration au fond de la piscine, comme si sa vie en dépendait. Pas la peine d'approcher pour identifier Rodolphe et devant son absence totale de mouvements, comprendre qu'il s'est noyé et que le sauver est totalement utopique.

Néanmoins, Matthew prend son élan et plonge, aussitôt imité par Étienne. Tous les deux émergent près du corps et unissent leurs efforts en le tractant jusqu'au bord. En prenant appui sur la margelle de la piscine, ils parviennent à le pivoter.

Le visage cireux du noyé est effrayant, les ailes de son nez et ses lèvres sont pincées, reflets d'un ultime effort salvateur. Ses yeux vides et vitreux contemplent le ciel sans le voir. Sa peau est aussi blanche que si on l'avait lavée avec un détergent puissant, afin de lui ôter toute trace de vie. Au vu de ces arguments délétères, la mort ne fait aucun doute.

— Fais le 999 et préviens les urgences, Swann, ordonne Matthew. Même si on ne peut plus rien pour ce pauvre bougre, ils vont envoyer la police et établir le constat.

Tremblante, Swann s'exécute, soutenue par sa sœur. Rosie a recouvré ses esprits. Elle est encore essoufflée et son teint est loin de justifier son prénom, mais sa fonction a repris le dessus. Elle ramasse consciencieusement les morceaux de porcelaine brisée et les jette dans les poubelles de tri sous l'auvent.

*

La police s'affaire depuis une heure autour de la piscine. A la découverte du corps, ils ont tendu un ruban orange autour de la piscine, ont pris des photos de la scène et prévenu le médecin légiste, avant d'extraire le mort et de l'allonger sur les carreaux de pierre.

A son arrivée, le scientifique lui a tourné autour, sans le toucher, se contentant de l'observer à distance. C'est un petit homme engoncé dans un imperméable gris, un bonnet de laine enfoncé jusqu'au yeux et dont l'âge mûr et la froide réserve – héritage d'une vie professionnelle auprès des trépassés – tiennent ses confrères en respect.

Il marmonne en inscrivant de temps à autre quelques notes sur un vieux carnet à la couverture aussi élimée que son vêtement. Les inspecteurs ont arrêté tout mouvement, à l'écoute du spécialiste. Ils savent que rien ne sert d'approcher ou d'adresser la parole au Doc, il ne leur répondra pas. Tout au plus étendra-t-il son bras dans leur direction pour les tenir à distance ou bien leur lancera-t-il un coup d'œil absent, égaré dans des pensées où ni leur présence, ni le temps écoulé, n'ont d'importance. Dans ses borborygmes, il semble s'adresser au défunt, déchiffrant sa réponse à travers les indices cutanés, sa position, la forme de ses fosses nasales et l'étirement de ses lèvres.

Au bout d'une heure au cours de laquelle Rosie a apporté du thé à chacun, cette fois-ci dans des mugs en faïence ordinaire, l'extra-terrestre s'approche et tout le monde repose sa tasse, suspendu à ses paroles. Du ton calme de celui qui a accompli avec succès sa mission et recueilli des confidences d'outre-tombe, il conclut, au vu des signes cliniques, à un décès suite à un *« arrêt cardio-respiratoire ayant entrainé une noyade blanche*[18] *par hydrocution. »*. D'un signe de tête, il donne l'autorisation aux ambulanciers d'emporter le corps.

— Il est flippant ce type, chuchote Samuelle à sa sœur.

Le bruit de la fermeture du sac mortuaire la fait sursauter. Elle se serre contre Matthew qui grelotte lui aussi sous la couverture donnée par Rosie. Étienne, prévoyant, est allé se changer et revient vêtu d'un sweat et d'un bas de survêtement.

Swann est interrogée en premier. Elle raconte qu'elle ne connaissait pas le mort avant sa visite de la veille, qu'il arrivait de France dans un but professionnel et qu'il s'est arrêté à Hayling Island pour rencontrer sa collègue Samuelle, demi-sœur française de Swann. Elle ajoute que l'homme avait beaucoup bu et qu'il a quitté la maison rapidement.

---

[18]La noyade blanche entraine un arrêt cardiaque. Dans la noyade bleue, l'eau entre dans les poumons et provoque l'asphyxie.

Étienne a été emmené un peu plus loin par un second policier. A son retour, il relate son entrevue prolongée à ses amis. L'agent avait étudié le français, avantage indubitable en ce qui concerne la compréhension de l'entretien, mais pas vraiment pour sa fluidité, en raison d'un tour d'horizon très précis des souvenirs amoureux d'un séjour linguistique en France. Étienne a prêté une oreille bienveillante aux pensées émues du constable, s'attirant du même coup sa sympathie. Quand la conversation est revenue sur le sujet du jour, il s'en est tenu aux faits et a précisé que Rodolphe Joulin était le rédacteur en chef du journal « Paris 'Art » et qu'il venait couvrir un vernissage en compagnie de Samuelle Tompkins. Lui-même accompagnait cette jeune femme au cours de son voyage. Ils avaient effectué une halte à Hayling Island chez la demi-sœur de son amie. A la question sur l'état de la victime à son départ de JAS House après sa visite, Étienne a confirmé que l'homme était dans un état d'ébriété avancée.

La première question à laquelle doit répondre Samuelle porte sur sa lèvre fraîchement tuméfiée. Elle explique qu'elle a glissé hier soir sur la faïence mouillée autour de la piscine et sa bouche a heurté le dossier d'une chaise en tentant de se rattraper. Comme ses amis, elle passe sous silence l'épisode de violence, ainsi que sa courte aventure avec la victime.

Cela ne regarde pas la police et surtout elle ne veut pas que ces éléments influencent leur analyse. Cet accident ne doit pas retarder leur retour en France. Elle ne s'en veut même pas de ne pas être triste. C'était un sale type qui a fini de nuire. Point final.

Quant à Matt, son interrogatoire paraît plus pointilleux. Les policiers ont retrouvé la trace de son séjour en prison dans leurs fichiers et s'attardent sur les détails de l'entrevue. A la lecture de son passé addictif, ils ont procédé à des tests salivaires qui se sont révélés négatifs. Pas plus que ses compagnons, il ne révèle la fureur du visiteur et se borne à signaler qu'il était loin d'être à jeun à son arrivée.

— Donc Rodolphe Joulin était ivre et il est resté peu de temps en votre compagnie, résume l'officier principal, Quelle drôle d'idée de revenir se baigner en pleine nuit, non ? ajoute-t-il, pensif. A moins qu'il n'ait oublié quelque chose d'important et décidé de régler le problème tardivement alors que vous-même étiez rentrés ? Il aura glissé, comme vous Mademoiselle, près du bassin et sera tombé dans l'eau. Son état d'ébriété couplé à l'eau glacée aura provoqué un malaise cardiaque, poursuit-il en plein cheminement intellectuel. Oui ce n'est pas très logique mais envisageable, l'autopsie précisera les causes exactes du décès, conclut-il en se levant. Et en s'adressant aux jeunes gens :

— Merci de votre collaboration et désolé de cette perturbation sur le sol anglais. Cet homme étant français, nous allons nous rapprocher de l'ambassade de France pour les formalités de rapatriement du corps et prévenir sa famille. Vous pouvez vous déplacer comme bon vous semble, nous avons vos cordonnées. Quant à vous, Monsieur Anker, restez à disposition, le temps d'effectuer les dernières vérifications.

— Madame, ajoute-t-il en se tournant vers Rosie, qui s'avance pour les raccompagner, il me reste à recueillir votre témoignage.

Les pensées des quatre jeunes gens se croisent avec angoisse : pourvu qu'elle ne parle pas de l'agressivité de Rodolphe ! Cela remettrait en cause leurs déclarations et déclencherait la suspicion du constable.

Mais cette chère Rosie a bien saisi l'enjeu. Elle expose d'une voix neutre, l'arrivée de « ce Français qui sentait l'alcool et qui a consommé un whisky supplémentaire en arrivant ! » ainsi que son départ peu de temps après. Ensuite elle ne l'a revu que de dos dans la piscine, et cela lui a fichu un sacré choc, ajoute-t-elle en tremblant.

Fine mouche et pleine d'humour, ce bonbon rose ! se dit Étienne en souriant

TROISIÈME PARTIE :

En France

-1-

FULGURATION

30 mars 2019

SAMUELLE, SWANN ET ÉTIENNE

Sur la route à 14h30 et la veille.

Ils ont posé leurs quatre roues sur le sol français une heure plus tôt, et après une rapide collation, ils ont repris la route vers la maison d'Henri Franqueuil. Samuelle l'a prévenu de leur retour hier soir et lui a demandé l'hospitalité pour trois personnes, sans préciser l'identité du troisième invité. Trop compliqué à expliquer au téléphone. Son oncle n'a posé aucune question, se contentant de plaisanter sur « cette séductrice qui part avec un amoureux et revient avec deux » !

— Tu ne crois pas si bien dire, Tonton, seulement j'ai laissé mon boyfriend en Angleterre. Je rentre quelques jours en France, accompagnée d'Étienne et j'ai invité une amie.

Swann est installée à l'arrière de la New Beetle et somnole depuis leur débarquement sur le quai de Ouistreham. De temps à autre, elle ouvre un œil et croise le regard du jeune homme dans le rétroviseur. La douce chaleur des prunelles châtaigne du Français, renforce son sentiment de confiance. Elle aime son humour aussi – sa fine dérision a déjoué plusieurs situations périlleuses – de même que son élégance chevaleresque, comme la qualifie en plaisantant sa moqueuse de sœur.

Sam n'a pas prononcé un seul mot non plus. Elle a demandé au conducteur de lancer la playlist de Jamie Cullum, et s'est isolée dans l'écoute. Elle pense à Matt, contraint de demeurer à Portsmouth. L'idée que le passé révolu d'un individu, puisse perturber son présent, l'enrage. Elle prend conscience que la société ne pardonne jamais vraiment, ou du moins n'accorde pas de blanc-seing à un ex-prisonnier, eût-il payé sa dette. Matthew est donc en attente de contrôle judiciaire, avant de récupérer son autonomie de circulation hors du territoire britannique.

Il les a accompagnés jusqu'à la porte de JAS House et a serré sa petite protégée dans ses bras en lui recommandant de continuer des exercices quotidiens. Il s'est tourné ensuite vers Samuelle, l'a brûlé de son regard et l'a simplement attiré contre lui en glissant à son oreille : « Reviens-moi ». Ça l'a bouleversée. Elle a compris qu'il faisait désormais partie intégrante de sa vie et lui a répondu : « Je reviendrai ».

L'accolade masculine fut plus rude mais non moins empreinte d'amitié.

— Prends soin des filles, mec, je compte sur toi ».

Il ajouta en plaisantant :

— Et par pitié, apprends la différence entre Beach et Bitch, ça fait désordre !

— Et toi mets-toi au français, tu auras l'air moins ours quand tu viendras en France !

Ils avaient prévu de s'attarder à JAS House, en mettant à profit le contretemps des dernières vérifications judiciaires, pour préparer l'exposition de Londres. Samuelle, quant à elle, avait la double tâche de conseiller sa sœur et de couvrir professionnellement l'événement. Deux éléments changèrent la donne. D'abord le journal, privé de rédacteur en chef, requérait une réorganisation en vue de la continuité de ses activités. Cependant, le véritable déclencheur de leur retour précipité fut le poème.

Après le départ des policiers, les quatre jeunes gens se réunirent dans l'atelier familial. Ils étaient choqués de l'accident mortel de Rodolphe, néanmoins, pas un ne poussa l'hypocrisie à regretter sa disparition. On entendit même l'attribut « *nocif* » sans qu'aucun des protagonistes ne songe à en incriminer l'auteur. Ils s'installèrent autour du bureau du peintre. La feuille griffonnée trônait toujours en plein centre, comme si elle attendait patiemment qu'on s'intéresse de nouveau à son cas. Sam la lut à voix haute.

Amer savoir, celui qu'on tire du voyage
Le monde, monotone et petit, aujourd'hui,
Hier, demain, toujours, nous fait voir notre image
Une oasis d'horreur dans un désert d'ennui !
Faut-il partir ? rester ? Si tu peux rester, reste
Pars, s'il le faut. L'un court, et l'autre se tapit
Pour tromper l'ennemi vigilant et funeste,

— Quel est ce poème et de quoi parle-t-il ? demanda Matthew, je n'en comprends que la musique des mots, elle est belle et nostalgique.

— Il s'agit du « *Voyage* », issu des « *Fleurs du Mal* », dans lequel Baudelaire exprime la tentative de l'homme d'échapper au temps qui passe et comment la mort lui semble la seule échappatoire, expliqua la jeune femme.

— Ce choix est le signe qu'Andrew était désespéré, analysa Étienne. « *Si tu peux rester, reste* », Il n'a pas envie de mourir ; « *Pars s'il le faut* », sous-entendu si c'est le seul moyen pour protéger les siens contre *« l'ennemi vigilant et funeste* », il est prêt à se sacrifier…

— Et si votre père vous laissait un dernier indice à travers cet écrit ? interrogea Matt. Que signifie ce nombre dissimulé sous la peinture ?

Il soulevait un coin du voile. Était-ce une fraction de date de naissance ? Celles des proches furent examinées mais aucune ne correspondait. Une partie d'un numéro de téléphone, d'un code de carte bleue, d'un numéro de passeport ? Autant chercher une aiguille dans une botte de foin... Contrairement à ses amis dont les idées fusaient tous azimuts, il prolongeait sa réflexion en silence. Lorsqu'il le rompit, il questionna calmement :

— Savez-vous où ce poème a été rédigé ?

Face à l'ignorance générale, il s'empara de son mobile et posa la question à son moteur de recherche. La réponse traduite apparut illico.

— Selon Bing, « *Le Voyage* » a été écrit à Honfleur. Ce n'est pas dans la région où habitait ton père, Sam ?

Ses trois compagnons restèrent bouche bée devant la clairvoyance de leur ami. La solution se trouvait en Normandie ! Voilà l'ultime message d'Andrew.

— Ce numéro est peut-être une référence postale, proposa l'Anglais.

Étienne, le premier à reprendre ses esprits, répondit avec excitation que le 14 représentait le département du Calvados, où vivait la famille Tompkins, information aussitôt complétée par son amie, la gorge serrée :

— 14113 correspond au code de Villerville, là où vivent mon oncle et ma tante, les Franqueuil. J'ai la conviction soudaine que la réponse est dans le grenier. J'y ai découvert une malle remplie de souvenirs et d'aquarelles de Papa !

Puis elle s'écroula, victime d'un nouveau malaise devant le visage souriant de son père.

TOUS OU PRESQUE

Villerville, chez les Franqueuil, 15h.

Henri les accueille avec un plaisir évident. Ils ne se sont pas absentés très longtemps, cependant il est ravi de retrouver sa nièce et son partenaire d'échecs. Depuis l'aggravation de la maladie de Gigi, il est la plupart du temps « assigné à résidence ».

— Ah ! ma chérie, tu m'as manquée ! s'écrie-t- il en serrant la jeune femme dans ses bras. Toi aussi, mon gaillard, dit-il à Étienne en lui tapant sur l'épaule. Je ne pensais pas vous revoir si vite, vous m'aviez annoncé votre retour la semaine prochaine. Quelle est cette jolie et frêle demoiselle ? ajoute-t-il d'un air gourmand. Samuelle éclate de rire en voyant ses simagrées.

— Tonton ! Ma parole, tu dragues ! Je te présente Swann[19], mon amie anglaise. Elle porte bien son prénom n'est-ce-pas ? Je te préviens, tu n'as aucune chance, Étienne a déjà jeté son dévolu sur elle. Face à l'air faussement étonné, elle précise :

---

[19] Swann signifie cygne en anglais.

— Et ne fais pas semblant de découvrir que ce faux frère est un fieffé menteur qui n'a pas hésité à se faire passer pour un homosexuel, afin que je le laisse tranquille. Je sais que tu es au courant. Il y a de quoi être vexée, n'est-ce-pas ? Swann, voici le frère de Maman. Je te préviens tout de suite, il adore la peinture, vous allez vous entendre.

— Ah la nature humaine et ses mensonges... rétorque Étienne en guise de boutade, en lançant un clin d''œil à la jeune britannique.

Avant d'entrer, les sœurs se sont mises d'accord pour ne pas dévoiler leurs liens de parenté tant que Caroline ne sera pas mise au courant de la situation. Elle dure depuis vingt-sept ans, alors un peu plus un peu moins...

Henri leur explique que Ghislaine est confinée dans sa chambre, car après sa toilette elle s'est recouchée et n'a pas voulu sortir du lit ensuite. Cela devient difficilement gérable de la garder à domicile. Elle est imprévisible dès qu'elle quitte son périmètre de confiance et ne permet plus à personne d'y rentrer, seule la petite chienne Paprika a ce privilège. Doris, l'infirmière qui assure sa toilette quotidienne, a tout le mal du monde à nouer le contact et une fois sur deux, elle repart sans avoir exécuté sa tâche.

Sam ressent le chagrin de son oncle. Sa compagne se dirige à petits pas vers la démence en emportant tous leurs souvenirs. Il s'y accroche inconsciemment en replaçant, ici d'anciens cadres au mur, là une photo familiale prise lors d'un voyage Outre-Manche il y a cinq ans.

— C'est la dernière des jours heureux, soupire- t- il en détournant le regard.

— Où est passé le tableau peint par Papa ? lui demande-t-elle. Il a disparu du mur.

— Tu vas m'en vouloir, Princesse, je l'ai vendu. Andrew me l'avait donné et j'avais besoin de régler la réservation de la maison de retraite. Et devant la mine attristée de sa nièce, il avoue les larmes aux yeux.

— Je m'y suis résolu en début de semaine, elle fait de plus en plus de bêtises et dit n'importe quoi aux derniers visiteurs héroïques. Seule Paprika ne s'aperçoit de rien. Cette chienne ne la lâche pas d'une semelle.

— Elle ressent la maladie au contraire et protège Tata. Nous irons les voir tout à l'heure mais d'abord, j'emmène Swanny admirer les aquarelles de la malle.

— Pendant ce temps-là, faisons une partie d'échecs, cher ami ! s'exclame Henri en dirigeant

Étienne vers le plateau de bois. Vous avez une revanche à prendre, il me semble.

En ce qui concerne les filles, la demi-heure suivante se déroule dans le fatras de l'étage supérieur. La cadette, allergique à la poussière elle aussi, ne cesse d'éternuer, mais ne veut pas descendre sans avoir vidé la totalité du coffre. Ses larmes, à la découverte de son portrait au fusain, n'ont strictement rien à voir avec les allergènes et elles redoublent quand son aînée lui narre sa première vision d'elle et leur père sur la plage normande.

— Je m'en souviens bien, c'est incroyable ! Tes images sont très fidèles à mes souvenirs. Nous riions comme des fous.

Elles poursuivent leur voyage dans le temps, en dépliant les deux robes d'enfants sur lesquelles est gravé un S.

— Un S pour chacune, s'attendrissent-elles en joignant leurs mains.

Néanmoins la déception les rattrape. Arrivées au fond de la cantine, elles ne trouvent aucun indice susceptible d'étayer leurs recherches. Rien. Pas le moindre message, ni cahier pour les guider.

— Nous nous sommes trompées, se lamente Samuelle. Ce nombre avait une autre signification.

Redescendons, avant que tu ne fasses un œdème de Quincke[20], ma belle.

Derrière elle, un léger bruit la fait sursauter. Une souris ? Elle les a en sainte horreur !

— *A la claire fontaine, m'en allant promener, j'ai trouvé l'eau si belle que je m'y suis baignée...*

Ce n'est pas une souris, juste la voix aiguë d'une petite fille

— *Il y a longtemps que je t'aime...*

Le son vient du fond du capharnaüm. Accrochées l'une à l'autre, les sœurs s'en approchent.

— *Jamais je ne t'oublierai...*

— Tante Gigi ! Que fais-tu là ? s'écrie Sam en reconnaissant la sœur de sa mère. Je te croyais en bas ?

— Chut... Je suis montée au grenier en cachette. *Chante rossignol chante, toi qui as le cœur gai ...*

---

[20] Gonflement de la tête et du cou, dû à une intense réaction allergique.

— Viens je te ramène, Tata. Elle parle tout doucement pour ne pas effrayer la vieille dame en chemise de nuit.

— Non non... Je dois te montrer quelque chose d'abord, ma chérie. *Tu as le cœur à rire, moi je l'ai à pleurer...*

— Et pourquoi avez-vous le cœur à pleurer, Madame ? interroge Swann.

Ghislaine Franqueuil met son index sur ses lèvres en signe de secret et les incite à la suivre jusqu'à un meuble adossé au mur.

— Il n'y a que de la poussière par ici, constate sa nièce devant les étagères vides.

Sans écouter les objections, l'épouse d'Henri se met à glousser comme une enfant à l'aube de jouer un bon tour. Elle prend Swann par la main et l'entraîne derrière le bahut. La respiration de la jeune femme devient sifflante mais elle n'en a cure. Elle a le sentiment d'une découverte imminente. Elle pose ses béquilles et suit la malade. Samuelle ne les perd pas des yeux, inquiète d'une telle divagation.

Lorsqu'elle ressort, la blonde anglo-saxonne a des mèches blanches dans les cheveux, la voix rauque et une toile à la main. Il est facile d'identifier « *La ruelle bis* », peinte par leur père et de deviner qu'elle est signée Vermeer.

— Il y en a deux autres identiques derrière le buffet, ainsi que trois « *Vues de Delft bis* ». Que font ces faux ici ?

— Andy est gentil, il les a donnés à Henri. Je l'ai vu le jour où il les a apportés. Il n'avait pas l'air content du tout et il a dit que c'était la dernière fois. Il est reparti aussitôt sans même prendre un café avec moi comme d'habitude. Après son départ, Henri a monté ses cadeaux et les a cachés ici. Je viens souvent les voir en cachette, j'aime surtout les maisons avec les dames qui parlent. Mais pourquoi Andrew ne vient-il plus nous rendre visite ?

Les jeunes femmes restent sans voix. Innocemment, Ghislaine vient de dévoiler la vérité et dénoncer son mari. Les beaux-frères travaillaient ensemble ! Sam ne peut y croire. Son oncle est si sympathique, il y a forcément une explication...

— Qu'il va me donner ! s'écrie-t-elle en dévalant l'escalier, la contrefaçon sous son bras.

— Oh ! Henri va me gronder, gémit la démente. Il ne veut pas que j'aille dans le grenier, Au fait, qui êtes-vous mademoiselle... j'ai entendu votre prénom : Swann c'est cela ? Vous êtes très jolie, petit cygne et ces cannes vous vont à ravir. Et amusée de son jeu de mots, elle gazouille « *Il y a longtemps que je t'aime, jamais je ne t'oublierai* »

ÉTIENNE ET HENRI

En pleine partie d'échecs, 15h45.

La reine blanche d'Étienne est en fâcheuse posture quand Samuelle fait irruption dans la salle de séjour. Elle a sa tête des mauvais jours, se dit-il et cela n'augure rien de bon. Décidément, dès que cette fille monte dans le grenier, elle en descend chavirée ! Pourtant, aujourd'hui, elle n'est ni verte, ni sur le point de vomir tripes et boyaux comme la semaine dernière. Elle porte un cadre sous le bras et semble très contrariée.

— Ne me dis pas que tu vas relooker les murs, petit scarabée. Cher ami, on dirait que votre nièce s'est promue décoratrice d'intérieur, s'esclaffe-t-il en tentant de retarder une tempête dont il a deviné la relation avec l'objet.

Franqueuil tourne le dos à la scène. Absorbé par sa stratégie et le coup magistral qu'il s'apprête à asséner à son adversaire, il ne peut anticiper la suite. Toutefois, le raz de marée annoncé ne déferle pas, l'orage prévisible n'éclate pas non plus. Sam pose une seule question mais d'une voix si glaciale qu'elle dame le pion à toutes les intempéries.

— Tu peux m'expliquer ça, Oncle Henri ? demande-t-elle en retournant la toile.

Le ton péremptoire suspend la progression du roi noir et le joueur se retourne lentement. Étienne lance un coup d'œil interrogatif vers son amie. Quand Il reconnaît le prétendu « Vermeer », il comprend sa réaction. Quant à son vis-à-vis, s'il est déstabilisé, rien ne transparaît sur son visage. En apercevant le tableau, il dit simplement :

— Il est beau n'est-ce pas ? Tu veux l'accrocher ? C'est une copie de ton père. Il me l'a offert un jour, il était très généreux.

— Je ne doute pas de sa générosité et de sa sympathie à ton égard, mais de là à ce qu'il t'en offre trois exemplaires identiques, ainsi qu'autant d'une pseudo « *Vue de Delft*, ». Car tu as bien remarqué bien sûr que ce ne sont pas des simples copies mais plutôt de nouvelles interprétations. Admettons... Sauf qu'elles sont toutes signées Vermeer. Ça sent plutôt la contrefaçon. Sinon pour quelle raison les dissimuler derrière un buffet sous les combles ? Et ne me dis pas que tu lui as rendu service et que tu n'étais pas au courant. J'ai trouvé une lettre de Papa dans la malle. Il raconte que tu l'as obligé à effectuer ces imitations, bluffa-t-elle.

Étienne regarde l'accusé. Celui-ci ne bouge pas. Néanmoins, le tressautement de sa paupière témoigne d'une émotion contenue. Il ouvre la bouche pour émettre une explication bancale, lorsque dans l'entrée du salon, se profile la silhouette de son épouse, soutenue par Swann.

— Que fais-tu ici Gigi, je t'ai demandé de ne pas sortir, se fâche-t-il en perdant contenance publiquement pour la première fois.

— Je voulais voir les jolis cadres qu'Andy t'a livrés il y a quelques semaines. J'ai raconté à Sam que son papa n'était pas content et qu'il criait parce qu'il ne voulait plus travailler avec toi. Pourquoi lui as-tu dit qu'il n'avait pas le choix et qu'il risquait gros s'il arrêtait ? Je n'aime pas que tu fasses du mal aux gens, tu le sais. Je déteste aussi quand tu m'enfermes, alors je me suis échappée ce soir et me suis réfugiée là-haut.

— Espèce de folle !

Henri Franqueuil jaillit de son fauteuil, tel un diable hors de sa boîte, renversant dans la foulée l'échiquier et tous les pions. Il se précipite sur sa femme, la saisit par le bras avec rudesse et la tire jusqu'à sa chambre. A l'ouverture de la porte, Paprika s'échappe et se jette sur l'assaillant pour défendre sa maîtresse d'adoption. Un coup de pied renvoie la pauvre chienne dans ses pénates.

— Laisse cet animal tranquille et réponds-moi ! intervient Samuelle

Étienne sent que le moment est arrivé. Il travaille depuis des mois sur cette enquête et son travail aboutit enfin. Pénétrer dans un univers familial, se lier avec chacun de ses membres, gagner leur confiance, prélever des renseignements, alimenter des confidences, imposent un sérieux de chaque instant, un contrôle de soi sans faille, des sens en éveil. Il a suivi une formation spécifique au sein de la brigade anti-fraude et il s'agit de sa deuxième mission en immersion. Repéré à la douane de Ouistreham il y a dix-huit mois avec deux tableaux similaires au fond de son coffre, Tompkins fut soupçonné d'être un des maillons d'un gang de faussaires. La filature mise en place, confirma ses activités illicites, cependant il était probable qu'il agissait pour le compte de quelqu'un d'autre. Saint-Hilaire fut missionné en tant qu'enquêteur interne afin de déterminer la part de responsabilité de l'homme d'affaires. Par le biais de la fille de la maison, il intégra peu à peu la famille Tompkins et devint « l'indispensable chevalier » de Samuelle, présent dans toutes les circonstances de sa vie. La mort d'Andrew puis celle d'une autre victime, qui se révéla au passage être sa compagne illégitime, conforta l'équipe policière sur l'existence d'un commanditaire.

Une des règles obligatoires de l'infiltration, est de garder la tête froide en prenant soin de ne pas mêler le professionnel et le personnel. Il est essentiel de ne pas développer une quelconque relation complice ou amoureuse au sein de la cible. Étienne se fit prendre à son propre jeu dans les deux registres. Il réussit à tenir Samuelle à distance en endossant un costume gay, mais s'y attacha ainsi qu'à Andrew envers qui le mot « amitié » prit son entière signification pour un jeune bourgeois élevé dans un cocon mondain superficiel. Il faillit au règlement une deuxième fois avec Swann pour qui il ressentit immédiatement une attirance très forte. En Angleterre, Il décida de démissionner dès la fin de l'enquête. Il tenait trop aux deux sœurs pour continuer à leur mentir. Il espérait qu'elles n'apprendraient jamais son rôle d'enquêteur, mais, vu la situation, c'est maintenant chose impossible.

L'heure est venue d'arrêter le cerveau de l'arnaque. Il n'a pas soupçonné Henri une seule seconde, même quand le code postal les a aiguillés vers Villerville. Comme Samuelle, il a pensé à des indices présents dans la malle ou à une nouvelle clairvoyance dans le grenier, mais en aucun cas à cette découverte fortuite, ni à l'implication de l'oncle de son amie. Le bougre était sympathique et cachait bien son jeu. Quelle déception !

Face à l'esclandre de Samuelle suivie de la dénonciation publique de Mme Franqueuil, il ne peut que procéder à son arrestation sur le champ. A choisir, il aurait préféré que celle-ci intervienne en dehors de la présence des jeunes femmes, elles n'auraient rien appris de son rôle. Aujourd'hui, elles le rejetteront en bloc. Une partie de lui redoute la minute où il lira l'incrédulité, mêlée au dégoût, dans les yeux de ses amies. Partagé entre l'appréhension et le devoir, Il sort sa carte de sa poche intérieure droite et son arme de service, dissimulée dans ses reins en déclarant :

— Henri Franqueuil, au nom de la loi je vous arrête pour « escroquerie en bande organisée » et « faux et usage de faux ». Toute déclaration pourra être retenue contre vous. Vous avez le droit de garder le silence et de demander l'assistance d'un avocat.

Celui-ci se laisse tomber lourdement dans le canapé. Il tend ses poignets et soupire en désignant le pistolet.

— Range ça fiston, je ne vais pas m'enfuir. De toute façon tu sais tout, il est inutile que je me défende. Tu effraies ces demoiselles, inspecteur, c'est bien ton grade n'est-ce-pas ? lâche-t-il en se tournant vers Sam.

La jeune femme est pétrifiée par l'énormité de la situation. Le frère de sa mère se fait arrêter sous ses yeux par son meilleur copain, officiellement dans l'import-export et gay mais en réalité flic, menteur et hétéro.

— Tonton, dis-moi que tout est faux, que tu n'as pas fait ça.

— J'avais besoin d'argent pour placer Gigi. Je dépensais tout pour elle. Cela ne pouvait plus durer, j'étouffais, avec elle ici et sans l'art pour me permettre de m'évader. Je ne pouvais plus vivre sans. Cela faisait trop longtemps que j'en étais privé. Il me fallait des tableaux, des toiles de maîtres, des œuvres que je pourrais voir chaque jour, quitte à les dissimuler. Ça m'obnubilait, ça m'oppressait nuit et jour. J'avais besoin d'argent, tu comprends, Samuelle ? répéta-t-il. C'était la seule solution.

Son ardeur retrouvée l'essouffle. Il poursuit, les yeux exorbités :

— Je connaissais le talent de ton père et j'avais découvert sa double-vie. Je dois avouer qu'il m'a facilité la tâche. Je l'ai menacé de tout révéler à Caroline s'il n'obtempérait pas. Au début il a refusé mais il a fini par accepter.

— Au prix de combien de menaces ! Tu es un sale maître-chanteur ! s'écrie Samuelle, outrée.

— Ma chérie, tu ne sais pas ce qu'est ma passion de la peinture. Elle s'exprime au-delà des sentiments, de la morale et ne souffre aucun état d'âme et s'il faut franchir la légalité pour la satisfaire, cela m'importe peu, cela ne m'importe plus. Il existe des personnes peu averties qui dépensent des fortunes pour posséder ce qu'elles croient être un Vermeer. Ton père était un très bon peintre, il devait m'aider. C'était le seul moyen.

— Comment avez-vous réagi lorsqu' il a voulu arrêter ? demande Étienne en maintenant en joue l'homme prostré.

— Que pouvais-je faire sinon l'obliger ? soupira-t-il.

— C'est toi qui l'as poussé à la station de métro ! Tu n'as tout de même pas provoqué son accident ? gémit Sam devant l'impensable : l'oncle, jovial, sur lequel on peut s'appuyer sans se poser de question, n'est qu'un ignoble assassin. Des souvenirs de fous rires et de discussions enflammées reviennent en force, noyés par un flot de bile. Elle est submergée par la douleur et l'incompréhension.

— Tu as sacrifié le mari de ta sœur, mon père, pour de l'argent ! Tu n'as donc aucun sens moral !

Swann, horrifiée, est accrochée à ses béquilles comme une naufragée à sa planche de salut. Elle chuchote d'une voix chétive :

— Et ma mère ?

— Elle n'aurait jamais dû s'en mêler et rencontrer Samuelle. Elle lui avait donné une lettre, Que savait-elle en réalité ? Il fallait l'empêcher de parler.

A chaque aveu, Henri semble davantage au bord du malaise. Il bascule soudain sur l'assise du canapé en se tenant la poitrine. Le policier se précipite pour le relever, mais le simulateur se redresse d'un coup, attrape son bras et profitant de l'effet de surprise, détourne l'arme contre le jeune homme. La détonation résonne dans toute la maison. Étienne tombe lourdement au sol, une main sur le ventre. Il regarde d'un air étonné, la tache rouge vif qui s'étale entre ses doigts.

Swann pousse un cri d'effroi et se jette à ses genoux en appuyant sur la plaie avec ses poings serrés, tandis que Samuelle prend son téléphone pour appeler police secours.

— Pose ça ma belle, ordonne le meurtrier. Il ne mérite pas ta pitié. Il a infiltré toute la famille et s'est bien moqué de toi. Et devant l'obstination de sa nièce qui compose le 15, il ramasse l'arme et la pointe sur elle.

— Tu as eu tort, petite idiote...

C'est sa dernière menace. Une deuxième déflagration déchire l'air et Henri Franqueuil fait un grand bond en arrière en retournant s'asseoir dans le divan. Il ne voit pas sa femme avec son fusil de chasse à la main. Il ne saura jamais qu'elle est allée le chercher dans la remise pendant qu'Étienne l'inculpait, ni qu'elle a placé une cartouche calibre 12 dans le canon. Il ne lit pas plus sa détermination lorsqu'elle appuie sur la gâchette. Le tir à bout portant lui a emporté la moitié du visage.

Gigi pose calmement son arme par terre et sourit au faciès sanguinolent.

— Et voilà mon chéri... Ça t'apprendra à faire du mal à Paprika. Puis elle repart en chantonnant dans sa chambre : *Il y a longtemps que je t'aime, jamais je ne t'oublierai...*

Au loin, sur la falaise des roches noires, la sirène d'une l'ambulance se rapproche du centre-ville pour tenter de sauver la vie d'Étienne

SAMUELLE

31 mars, Hôpital « Côte de Nacre », Caen.

J'ai un coup au cœur quand j'aperçois Maman dans le couloir du service d'orthopédie. Elle marche tout doucement, soutenue par des béquilles, sous la surveillance rapprochée d'un kinésithérapeute et ressentir sa vulnérabilité m'émeut terriblement. Je prends conscience de la fragilité de la vie et de ma chance relative, comparée à ma cadette, d'avoir encore un de mes parents. Elle a perdu toute sa famille, et pourtant elle est là, présente à mes côtés pour m'assister dans la terrible épreuve qui m'attend. J'ai la douloureuse tâche de prévenir ma mère que le meurtrier de son mari est son frère, et que celui-ci est mort. J'ai assisté au drame hier, mais malgré tout j'ai du mal à intégrer la réalité. Alors comment va-t-elle la supporter ?

Lorsqu'elle me voit, son visage s'éclaire. Son dernier sourire en ma présence date de ma visite à Deauville, début février. C'était encore le temps du bonheur. Puis elle remarque Swann et stoppe sa progression, nous laissant arriver jusqu'à elle. Je la prends dans mes bras.

— Oh ! comme je suis contente de te voir debout ! Nous sommes arrivés hier en France.

— Henri et Étienne sont-ils restés en bas ? demande-t-elle, et sans attendre la réponse, elle s'adresse à ma compagne :

— Nous sommes équipées des mêmes accessoires, Mademoiselle, et je dois vous dire que même s'ils me sont très utiles en ce moment, j'ai hâte de m'en débarrasser. Vous êtes une amie de Samuelle ?

— Je te présente Swann, Maman.

Ma voix est empreinte d'inquiétude. Ma mère chancelle légèrement et le soignant lui suggère de rentrer se reposer, pour « *passer du bon temps en famille* ». Parfois, les phrases les plus banales sont chargées de mots qui font mal.

Une fois installée dans son fauteuil, elle me montre une boîte de truffes et prononce cette phrase ahurissante :

— Chérie, offre un chocolat à ta sœur, ton oncle me les a offerts.

Swann et moi restons interdites. Comment est-elle au courant de son existence ?

— Depuis quand le sais-tu, Maman ?

— Dès que ton père a rencontré Jane à Londres. Nous étions mariés depuis trois années et très heureux ensemble. J'ai tout de suite compris qu'il vivait une aventure amoureuse en surprenant une conversation téléphonique. Ce fut douloureux d'apprendre qu'il me trompait, mais passé la déception, je me suis aperçue que cela n'entachait en rien notre amour. Nous étions toujours fusionnels, il était aussi attentionné qu'avant à tel point que j'ai même cru qu'il ne s'agissait que d'une passade. J'ai engagé un détective au bout de quelques mois et j'ai appris sa vie cachée, son autre maison au bord de la Manche. J'ai même suivi la grossesse de Jane et ta naissance, jeune fille. Ne me regardez-pas ainsi, est-ce si incongru de concilier sa vie entre deux foyers ? L'amour ne peut-il être multiplié plutôt que divisé ?

Je n'en reviens pas ! Ma mère, si *« comme il faut »*, est en réalité une femme d'une ouverture d'esprit extraordinaire ! Elle reprend en souriant d'un air espiègle :

— Cependant, je ne lui ai jamais fait le cadeau de soulager sa conscience en lui disant que j'acceptais sa duplicité. C'était sûrement cruel de ma part, mais je l'ai laissé se débrouiller avec son organisation. Je dois avouer qu'il s'en tirait fort bien.

Ma sœur s'exprime pour la première fois :

— Avez-vous rencontré ma mère, Madame ?

— Appelle-moi Caroline s'il te plaît. Non, reprend-elle, je ne l'ai jamais vue ailleurs que sur des photos. Chaque année, l'enquêteur me faisait son rapport et le reste du temps, je vivais comblée, avec mon époux et mon enfant. Lorsque tu es née, ton père était radieux. Sa joie a illuminé notre vie à nous aussi.

— Caroline, je vous trouve magnifique et je regrette que vous ne vous soyez pas connues. Vous vous seriez bien entendues, chuchote ma sœur, comme moi au comble de l'émotion.

Aucun mot ne peut franchir mes lèvres.

— Swann, Samuelle, continue ma mère. J'ai beaucoup réfléchi depuis le décès d'Andrew et celui de Jane, que j'ai lu dans les journaux. Vous étiez sœurs-bonheur, reliées sans le savoir par l'amour inconditionnel de votre père ; après sa disparition vous êtes devenues sœurs-de-peine, unies par la souffrance de son absence ; je vous propose aujourd'hui de devenir des sœurs tout court. Swann, si tu es d'accord, je serai ta mère d'adoption. Sam es-tu prête à ce partage officiel ? Après tout, vous portez toutes deux le nom de Tompkins et outre le plaisir d'avoir une nouvelle fille, la situation de Swann sera régularisée vis-à-vis de la loi.

Elle tend ses paumes vers nous. Au comble de l'émotion, ma sœur place la sienne dans sa main gauche – normal pour une Anglaise, plaisanterait Étienne – je mets la mienne au chaud dans sa main droite. Nul besoin d'assentiment en voyant la triangulation de nos bras noués.

Un vertige m'envahit. Je lève la tête. L'hologramme de mon père flotte, heureux, au-dessus de nos têtes, il étend lui aussi les bras vers nous et ses mains viennent rejoindre les nôtres. Sur ses joues, roulent des larmes de bonheur. Puis il s'envole en fumée et je devine que cette fois-ci, c'est pour toujours.

SAMUELLE, SWANN et CAROLINE

Chambre 11.103 vingt minutes plus tard.

Le répit dure vingt minutes durant lesquelles les trois femmes mêlent leurs émotions, tout à la joie de construire la suite de leur vie ensemble.

Samuelle sait qu'elle va infliger une peine immense à sa mère, pourtant elle ne peut reculer. Caroline lui facilite la tâche en prenant des nouvelles de Paprika.

— Maman, j'ai beaucoup de choses à te raconter, mais il me faut commencer par la soirée d'hier. Un drame est survenu à Villerville.

— Mon Dieu ! il est arrivé malheur à ma chienne, s'affole-t-elle.

Les jeunes filles secouent la tête.

— Alors Gigi a fait des bêtises ou elle s'est blessée ! Cela devait arriver, elle devient ingérable à domicile, Henri est formidable, néanmoins il ne peut pas tout assurer lui-même. Que s'est-il passé ?

Swann prend la parole pour soulager sa sœur.

— Il ne s'agit ni de Paprika, ni de Ghislaine, mais plutôt de votre frère justement, et devant les yeux effrayés de sa future mère adoptive, elle annonce l'affreuse nouvelle le plus délicatement possible.

— Je suis désolée de vous causer un chagrin supplémentaire, mais il a été victime d'un accident tragique. Son épouse l'a abattu d'un coup de fusil et il est décédé.

Le cri d'effroi emplit l'air et se propage dans le couloir du service, tant et si bien qu'une infirmière accourt. Avertie de la situation, elle allonge sa patiente et sort pour prévenir le médecin référent. Elle revient un moment plus tard, administre l'anxiolytique prescrit, en demandant à ses visiteuses de quitter la chambre.

— Non ! je veux tout savoir, prie la malade, déjà engourdie par le calmant.

Samuelle relaie sa sœur et rapporte les événements récents à sa mère : sa rencontre avec Swann et Matthew à JAS House, leurs découvertes des faux tableaux dans l'atelier anglais, celle des répliques de ces mêmes œuvres dans le grenier de Villerville et les aveux de son oncle. Elle édulcore la scène en éludant tous les détails horribles. Sa mère pleure en baissant la tête, le Tranxène® l'aidant à entendre la fatalité. Elle attend le dernier mot et murmure :

— Jamais je n'aurais pensé que mon frère serait rattrapé un jour par ses démons. Il y a si longtemps...

Face à l'incompréhension, elle relate qu'à l'âge de seize ans, il avait volé une toile chez une voisine de leurs parents. Lorsqu'on découvrit le tableau sous son lit, le garçon expliqua simplement qu'il était obnubilé par l'œuvre et qu'il en avait besoin. L'incident fut réglé à l'amiable, cependant l'adolescent avoua à sa sœur qu'il se sentait capable de folies afin de posséder des toiles de maîtres. Au fil du temps, Il compensa son addiction à l'art, difficile à combler quand on est un simple agriculteur, par des visites fréquentes aux galeries et autres musées.

— Il ne pouvait plus l'assouvir avec la maladie de sa femme, conclut Swann. Votre frère était perturbé depuis longtemps. J'entends cette réalité, pour autant je ne peux pas comprendre qu'il soit allé jusqu'à tuer.

— C'est terrible, admet Caroline, effarée, en réalisant qu'elle ne doit la vie sauve qu'au hasard. Mon frère était un monstre froid qui n'a pas hésité à ourdir un complot, à éliminer deux personnes et à en envoyer une autre à l'hôpital.

— Deux autres, Maman, rectifie Sam. Il a blessé gravement Étienne qui en a réchappé par miracle. Il a été opéré en urgence et ses jours ne sont plus en danger.

Elle préfère passer sous silence les mensonges de leur ami. Les raisons de sa présence à leurs côtés feront l'objet d'explications ultérieures. Caroline est suffisamment accablée par les révélations et par le médicament. Elle ne réagit pas et absorbe les coups avec le détachement d'une spectatrice d'un bon film d'action. Palpitant… Irréel… Elle s'endort en se disant qu'elle rate la fin mais qu'on lui racontera. Et Paprika ? Qui va s'occuper de Paprika ? murmure-t- elle avant de sombrer.

En sortant, les deux femmes s'arrêtent au poste infirmier et recommandent une surveillance accrue de leur « mère », compte tenu des circonstances.

— Tu es vraiment ma sœur maintenant, s'exclame Samuelle.

— J'ai toujours été ta sœur, lui répond Swann en plaçant une béquille sous son bras droit et en prenant la main de son aînée. Viens, allons voir Étienne. Ensuite nous nous occuperons de Paprika, de la police et des formalités inévitables.

Elle ne tient pas compte du raidissement des doigts dans sa paume et se dirige d'un pas résolu vers les ascenseurs.

ÉTIENNE

Chambre 7.101, service de chirurgie digestive.

Étienne entrouvre les yeux lorsqu'il sent le contact d'une main délicate sur son front. Il en reconnaîtrait le toucher entre mille. Ces mains l'ont parcouru, ces doigts l'ont étreint, ces ongles l'ont griffé. Il souffre mais il est heureux. Swann est là, près de lui dans cette chambre. Il peut enfin lâcher prise. Il se met à pleurer.

Il avait construit sa vie autour de l'humour, un bon moyen de conquérir les femmes et de ne pas s'appesantir sur une existence, somme toute futile, héritée de parents trop occupés par leurs réunions de clubs et distractions mondaines, pour véritablement se préoccuper de leur fils. Ils lui apportaient tout le confort matériel et n'imaginaient pas une seconde qu'il pût avoir besoin de choses plus personnelles. Son enfance et son adolescence ne furent pas malheureuses pour autant, mais dès qu'il en eut la possibilité, il s'engagea dans une démarche citoyenne et passa avec succès le concours de la police. Il ressentait le besoin d'être utile à la société.

Sa famille n'avait jamais compris mais l'avait laissé faire et ainsi chacun d'eux vaquait à ses propres activités : Eux, les rencontres de bridge et lui, les stands de tir, sans jamais échanger, bien entendu.

Du point de vue sentimental il multiplia les conquêtes, mais n'éprouva jamais l'émotion que lui procurait la propriétaire de cette douce main posée sur son front moite.

— Swanny...

— Chut ... Je suis là, mon amour.

La dernière fois qu'elle lui avait dit « mon amour », elle était dans ses bras, il l'avait portée délicatement pour ensuite la déposer sur le lit de la chambre mauve à JAS House et les heures suivantes les avaient transportés tous les deux jusqu'à un Nirvana exceptionnel. Il a tellement eu peur de la perdre quand il a dévoilé son rôle sous-terrain et pourtant elle est près de lui aujourd'hui, malgré ses mensonges.

— Swanny, reprend-il en grimaçant. Je n'ai fait que mon métier, protéger les gens des malfaiteurs. J'avais des ordres. Mais je me suis attaché à votre famille, à Andrew et à Caroline, à Samuelle... à toi. C'était très dur d'être ami avec ton père et en même temps de surveiller ses agissements. En mon for intérieur, j'espérais prouver qu'il était sous l'emprise de quelqu'un et je ne m'étais pas trompé. Il était une victime qui s'est sacrifiée pour les siens. Je voudrais pouvoir le dire à Sam.

— Elle est restée dans le couloir. Moi je te comprends mais il ne lui est pas facile d'admettre ta tromperie.

— J'ai tout entendu, je confirme, c'est très dur, mais je suis quand même contente que tu t'en sois tiré, faux frère ! s'exclame Samuelle en entrant bruyamment dans la chambre.

— Oh petit scarabée, te voilà ! soupire Étienne, soulagé.

— La ferme, sale mystificateur ! s'énerve-t-elle en s'asseyant brutalement sur le lit. La manœuvre arrache un gémissement au blessé. Bien fait pour toi, moi aussi je souffre à l'intérieur ! Elle remue encore et provoque un nouveau rictus. Non ! Ne t'en mêle pas, dit-elle à sa sœur qui tente de s'interposer. Il va supporter comme moi je supporte ce mal. Lorsque je pense à tous tes mensonges, je voudrais t'étriper, sauf que tes tripes sont déjà en mauvaise état. Pourtant si je réfléchis, je me dis que c'est grâce à toi que le meurtrier de mon père et de la mère de Swann a été démasqué – même si c'est mon oncle — et j'ai envie de te remercier, inspecteur Saint-Hilaire. Enfin, quand je réalise que j'ai failli te perdre, j'ai besoin de t'embrasser, mon chevalier, s'écrie-t-elle en lui sautant au cou. Tu as de la chance que je t'aime, sale type !

Malgré le nouveau supplice dans son ventre, Étienne réussit à faire un trait d'humour en grimaçant :

— C'est sûr, je ne te mérite pas. J'aurais été très triste de ne plus pouvoir te pincer les fesses, petit scarabée. Pardonne-moi.

C'est le moment que choisit Matthew pour entrer dans la chambre sans frapper, avec un café à la main. L'effet de surprise est tel que le scarabée en question tombe du lit et se retrouve les quatre fers en l'air et poussant un cri.

— Méfie-toi avant d'aller plus loin avec elle Matt, dit Étienne d'une voix blanchie par la douleur et l'émotion. Regarde-là, elle est imprévisible et pas toujours très jolie quand elle a cet air stupide sur le visage.

Matthew n'a d'yeux que pour la femme au sol. Il ne cherche pas à poser son café, n'essaie pas de l'aider à se relever. Il la regarde intensément, la trouve visiblement très belle, contrairement à son ami et lui dit doucement :

— Bonjour Samouelle...

-2-

DISTORSION

ÉPILOGUE

En Angleterre

10 avril 2019

Henri s'est bien fait avoir. Je lui ai dit de se débarrasser de sa femme. Il aurait dû m'écouter…

Il me faut repartir à zéro. Trouver un nouveau pigeon à qui je donnerai beaucoup d'argent pour qu'il déniche un autre peintre à la vie trouble.

Et tout recommencera…

Personne ne saura jamais que je suis le cerveau, une intelligence supérieure sans état d'âme…

Je n'en ai jamais eu…

Je n'en aurai jamais…

Qu'importe si je dois tuer…

Andrew, Jane, cet imbécile de Français et tous ceux qui se sont mis et se mettront en travers de mon chemin…

ROSIE

JAS House, 10 avril 2019..

Son plumeau rose à la main, Rosie s'affaire dans la chambre mauve de Swann. La jeune fille l'a appelée la semaine dernière pour la prévenir de son retour le onze avril, en compagnie de Matthew et de Samuelle. Elle lui a raconté le décès tragique de l'oncle de sa sœur, abattu par sa femme démente. Celle-ci, en plein déséquilibre psychique, a été internée d'urgence en service de psychiatrie.

Rosie chantonne gaiement en dépoussiérant la commode de chêne foncé, avant qu'elle ne rejoigne le bureau de l'atelier, issu de la même essence. Elle a senti que Swann avait besoin de renouveau et lui a proposé de changer la couleur des murs et les meubles. Elle a bien compris qu'Étienne, même s'il ne rentrait pas cette fois, dormirait régulièrement ici et une couleur moins féminine et un mobilier plus moderne correspondront mieux au jeune couple. Swann, ravie, lui a donné carte blanche. Elle a donc choisi un chiffonnier et un lit immaculés qui leur porteront bonheur. Ils sont si attendrissants. L'échange sera opéré tout à l'heure.

Rosie écarte le meuble du mur. C'est incroyable où va se nicher la poussière ! Personne ne pousse jamais les meubles, elle l'a souvent remarqué. On s'intéresse peu à l'envers du décor.

Elle dégage le double-fond sans difficulté. Les toiles sont toujours là, elles ne prennent pas de place et dans l'espace aménagé par Henri, elle a pu glisser une bonne quinzaine des œuvres d'Andrew. Quelle bonne idée elle a eu !

*

Elle fit la connaissance du beau-frère de son patron lorsque celui-ci lui demanda un jour de l'accompagner en France ; Il emmenait sa fille visiter la Normandie et avait besoin de ses services pour s'en occuper, Jane étant immobilisée au lit par une mauvaise grippe. Au musée des Beaux-Arts de Caen, tout proche du bel l'hôtel « Le Dauphin » où ils résidaient, elle remarqua ce Français d'âge mûr, venu comme elle, apprécier des tableaux datant de la renaissance italienne. Ils échangèrent sur leurs vies personnelles et au cours de leurs présentations mutuelles, famille et employeur, ils découvrirent par hasard, la vie dissimulée de leur point commun : Andrew Tompkins.

Henri était drôle, charmeur, mais sa qualité principale était son addiction à la peinture et son étroite relation avec son employeur. L'intendante comprit immédiatement le parti qu'elle pouvait en tirer. Elle possédait une vivacité d'esprit et un intellect « *largement supérieur à la normale* », disait son institutrice. Malheureusement, l'humble condition sociale de ses parents l'empêcha de poursuivre de brillantes études. Elle se dirigea, faute de mieux, vers le métier d'employée de maison comme sa mère, jusqu'au jour où elle répondit à l'annonce de la famille Tompkins. Ses capacités d'organisation, sa discrétion et sa bonhomie naturelles la démarquèrent du lot de postulantes à l'emploi de nourrice du bébé à naître. Pour autant, elle sut dès le début que ce travail ne l'empêcherait jamais de gagner beaucoup d'argent par ailleurs, et que somme toute, cette couverture était idéale pour le développement d'activités plus lucratives. Bien que très intelligente, Rosie ne s'embarrassait pas de considérations morales, elle n'en avait pas le temps si elle voulait s'enrichir. « *La fin justifie les moyens* », énonçait souvent son père et elle avait adopté cette maxime.

Elle fit d'Henri son amant. Il venait la voir quand Andrew séjournait dans l'hexagone. Lui-même prétextait des séjours à Paris chez sa nièce – ce qui était le cas une fois sur deux – pour la rejoindre. Un chassé-croisé au cours duquel il prenait soin de ne rencontrer ni la petite, ni Matthew.

Un soir, elle lui proposa une collaboration en vue d'améliorer ses revenus de façon considérable. Elle avait compris qu'il manquait de ressources pour assouvir ses passions et le convainquit d'obliger son beau-frère à copier des tableaux de maîtres. Chacun y trouverait son compte. Henri se débarrasserait de sa femme en la plaçant dans un institut, ce qui lui permettrait de laisser libre cours à ses envies. Quant à elle, encore quelques années sous couverture d'un rôle subalterne et elle aurait amassé suffisamment d'argent pour s'inscrire chez « *Étercor* ». Trente-cinq longues années que ce plan l'accompagnait et justifiait toutes ses décisions.

La société « *Étercor* » développait un projet d'envergure, réservé à une élite intellectuelle à l'esprit suffisamment ouvert et futuriste. Quand le moment viendrait de quitter sa vie actuelle, son corps serait expédié aux États-Unis, seul pays où la cryogénisation était légale. Un seul but : rejoindre la communauté des centaines de personnes congelées dans l'azote liquide, et vivre de nouveau dans un futur où les avancées technologiques lui permettraient une résurrection dans un monde plus adapté à son intelligence. On congèle puis on décongèle bien des ovocytes, des cellules, pourquoi pas des corps ? Cependant, cette assurance-vie très spéciale était extrêmement onéreuse et justifiait les moyens employés. Merci Papa.

Rosie sourit. Sa prochaine vie sera différente, elle aura amassé suffisamment d'argent et reprendra son existence dans un monde où, grâce aux avancées technologiques, la longévité humaine aura tellement progressé qu'elle pourra embrasser la carrière scientifique qui lui est due. Qu'importe si cela advient dans deux cents ans. Elle a déjà fait preuve de beaucoup de patience dans cette vie. Elle attendra. Bien sûr, elle ne s'est jamais confiée à Henri. Il n'aurait jamais compris. Cette faculté n'est attribuée qu'à peu d'êtres dans les sociétés actuelles. Heureusement qu'« *Étercor* » existe pour lui permettre de concrétiser ses espoirs.

Tout s'organisa tel qu'elle l'avait décidé et fonctionna parfaitement jusqu'au jour où Tompkins décida de quitter l'affaire. Ce jour-là il signa son arrêt de mort. Non seulement il était hors de question qu'il perturbât sa source de revenus plus que profitable, mais Il risquait de tout raconter. Elle ordonna à Henri de provoquer un « accident » dans le métro, seulement l'Anglais s'en sortit avec une simple fracture du poignet. Devant son obstination, elle commandita la sortie de route mortelle en Normandie. Exit le danger Andrew Tompkins. Ils retrouveraient un autre artiste plus tard. C'était un moindre mal et elle disposait de plusieurs toiles d'avance.

Bien sûr il y eut trois victimes collatérales. Elles étaient là au mauvais moment, au mauvais endroit. Caroline Tompkins, dans la voiture le jour du crash, fut juste blessée, qu'importe ! Elle ne la connaissait pas et le fait qu'elle soit la sœur d'Henri ne lui faisait ni chaud ni froid. Elle appréciait Jane, mais Andrew s'était sûrement confié à elle. Elle devait donc mourir elle-aussi. Sauf que cet idiot d'Henri ne fonça sur elle qu'après la remise d'une lettre à Samuelle et par voie de conséquence, le danger potentiel devint alors la fille. Heureusement, il s'était débarrassé du 4/4 et elle ne pourrait pas remonter sa piste.

Rodolphe, cet illustre inconnu qui débarqua un soir dans la propriété… Quand elle apprit qu'il était l'ex-ami de cette fouineuse, et qu'il avait l'intention de la ramener avec lui, elle comprit qu'il allait faire capoter son plan. Dans l'atelier, il était clair que les quatre jeunes gens avaient découvert, non seulement des toiles — surprise par l'arrivée imprévue des visiteurs, elle n'avait pas eu le temps de les cacher avec les autres — mais aussi ses lettres de menaces qu'Andrew avait caché dans le bureau. Elles les avaient vues étalées, lorsqu'elle avait apporté un plateau-goûter. Elle ne craignait pas Matthew et Swann. Elle les contrôlait. Mais Samuelle était dangereuse, elle était en train de mettre sa demi-sœur et son thérapeute dans sa poche. Elle aussi était intelligente, audacieuse et impulsive, la laisser poursuivre son enquête en Normandie était inconcevable. Elle ne devait pas repartir d'ici.

Rodolphe était ivre et tellement détestable que lorsque Matthew le mit dehors, elle crut la complication écartée. Néanmoins, cet imbécile revint tard dans la soirée. Les quatre amis se tenaient à l'intérieur et s'apprêtaient à aller se coucher. Elle effectuait son dernier tour dans le jardin et rencontra Rodolphe, encore plus saoul que l'après-midi. Quand elle lui demanda comment il était entré, Il monta le ton en jurant qu'il ne partirait pas sans Samuelle, qu'il avait étudié la vie de chacun des habitants de cette maison et qu'il aurait beaucoup à raconter. La gouvernante, elle-même, n'était pas exempte d'interrogations. Quel abruti ! il s'était éliminé tout seul...

Il était au bord de la piscine, le pousser fut facile, il tenait à peine debout et ne poussa pas un seul cri... A peine toucha-t-il l'eau, que son corps fut saisi d'un terrible spasme et s'immobilisa. Soulagée, Rosie le regarda flotter, puis certaine qu'il ne parlerait plus jamais, éteignit la lumière extérieure et alla se coucher en réglant son réveil matin sur huit heures, comme d'habitude.

Malgré cela, elle ne put empêcher le départ précipité des deux Français et de Swann dès le lendemain. Elle ne savait toujours pas ce qui avait motivé le changement de leurs plans, puisqu'ils étaient censés préparer le vernissage de Swann à Londres. Seul le passé de Matthew le retint à JAS House. Henri fut aussitôt chargé de résoudre en urgence « *la difficulté Samuelle* » sur place.

Finalement, il avait trouvé la meilleure façon de régler le problème en se faisant assassiner... Lui mort, il devenait l'unique coupable. Elle avait deviné qu'il n'avait pas évoqué leur complicité car Swann et sa sœur, l'esprit soulagé, cessaient leurs recherches et revenaient à JAS House, avec la certitude d'avoir bouclé l'enquête et le sentiment d'avoir vengé leurs parents.

Tout allait bien dans le meilleur des mondes, celui des doubles-vies...

*

Rosie éternue, range son plumeau dans le placard à balais, lisse son tablier couleur bonbon et fait signe aux livreurs d'entrer avec leur fardeau. Dans sa poche, son téléphone vibre. C'est un nouveau message de Swann :

« Je ne t'ai pas assez remerciée d'être fidèle auprès de moi depuis toujours. Il faut dire aux personnes qu'on estime qu'elles vous sont précieuses. Je t'aime ma Rosie »

Et voilà…

Ni vue, ni connue…

Rien ne vaut la simplicité et le naturel…

La vie est belle…

Dans la cuisine la sonnerie du minuteur indique que la tourte au poulet est cuite ; Rosie enfile ses gants de protection et ouvre la porte du four. Magnifiquement dorée ! De quoi fêter dignement leur retour ! Elle sélectionne la fonction « répondre » de sa messagerie, et saisit sa réponse avec l'index de la main droite, comme une écolière appliquée :

« Moi aussi je t'aime, mon petit cœur. Je vous attends tous les trois avec impatience. Tu verras, la vie reprendra aussi belle qu'avant. Aie confiance en ta bonne vieille Rosie… »

Comme c'est beau l'Amour….

On peut faire tant de choses grâce à lui…

On peut cacher tant de choses pour lui…

FIN

Je connais une jeune femme en fauteuil, mais il ne s'agit pas d'elle,

Je connais un homme qui lui a redonné le sourire, mais il ne s'agit pas de lui,

Je connais des peintres, des soignants, des serveurs, des journalistes, des musiciens, des coach(e)s, des agriculteurs, des femmes au foyer, des Anglais, des Français, mais il ne s'agit pas d'eux,

Je ne connais pas d'intendante, de rédacteur en chef, ni d'inspecteur de police, mais je connais Deauville, Paris et Portsmouth,

Je connais certains de mes lecteurs et mes relecteurs (Merci à Jean-Louis et Jacques pour leur aide précieuse),

A ma famille, à mes amis,

Et à vous tous qui me lirez et que je ne connais pas encore...

AVEC L'AIMABLE AUTORISATION :

de l'hôpital « Côte de Nacre »à Caen ; de l'hôpital « La Salpêtrière » à Paris ; de l'hôtel « Le Dauphin » à Caen ; de Monsieur le Maire de Villerville ; du Casino « Barrière » de Deauville ; du Musée des Beaux-Arts de Caen

TABLE DES MATIERES

PREMIÈRE PARTIE : En France **14**

DÉSOLATION **16**

SAMUELLE 19
SAMUELLE 27
PAULO 35
SAMUELLE 41
ANDREW 45
SAMUELLE 51
PAULO 55
SAMUELLE 59
ANDREW 69
ÉTIENNE 73

AGITATION **73**

SAMUELLE 81
SAMUELLE 101
CAROLINE ET SAMUELLE 107
SAMUELLE 119
ÉTIENNE 125

DEUXIÈME PARTIE : En Angleterre **121**

OSCILLATION **123**

SWANN 137
SWANN 143
MATTHEW 153
SAMUELLE 161
ÉTIENNE 169
SAMUELLE 179
SWANN 187
MATTHEW 195

SAMUELLE 205

SATURATION 209

SWANN ET SAMUELLE 211

RODOLPHE..215

SWANN, SAM, MATT et ÉTIENNE 219

SAMUELLE 225

SWANN...231

RODOLPHE..239

MATTHEW 247

SAMUELLE et MATTHEW...251

RODOLPHE..255

TROISIÈME PARTIE : En France 250

FULGURATION 252

SAMUELLE, SWANN ET ÉTIENNE 267

TOUS OU PRESQUE...273

ÉTIENNE ET HENRI 281

SAMUELLE 291

SAMUELLE, SWANN et CAROLINE 297

ÉTIENNE...301

DISTORSION 305

ÉPILOGUE **... 305**

ROSIE 309

DU MÊME AUTEUR

— RESSAC (roman) 2017

— OXMO CHIEN ARTISTE (jeunesse) 2019

— EN PISTE OXMO (jeunesse) 2019

— NOUVELLES COLLECTIVES

- Nouvelles du val de L'Indre 2016
- Nouvelles érotiques 2017
- Petits meurtres imparfaits (Lauréate du prix de la nouvelle Gonzib St Broc) 2018

— 3 CD en tant qu'Auteure- Interprète

- Amorescence (2015)
- Petits Bonheurs Aléatoires (2017)
- Quand j'y pense (2019)

Site officiel : www.agathe-c.fr